エルフである証明をしてと言ってるのに、反証出してどうするw
「胸は結構あるぞ」
割とけしからん
けしからんけしからん

「さあ、遊ぼうぜ、キリシたん」

「弓では絶対に負けらんないのよ……絶対に！」
秒速40メートルを超える
矢同士がすれ違う。

「ごっそり掴め」
横から帰ってこないエルフさん可愛い
癒される

なんで、建物越しに矢が当たるんだよ!?
鍋ラーメン直でするエルフだぞ、喜べ
こいつ人間じゃねぇ！
エルフだ！
電子着ぐるみ生放送とかいうパワーワード
author ミミ
[illust] nueco
なんだ、配信タイトル通りだな
コピー能力だ、これ
合ってるけど違う
人
morin - chu
Broadcasting Live!
TS Elven Princess Channel.
生放送！
TSエルフ姫
ちゃんねる

CONTENTS

イラスト:nueco　デザイン/寺田鷹樹(GROFAL)

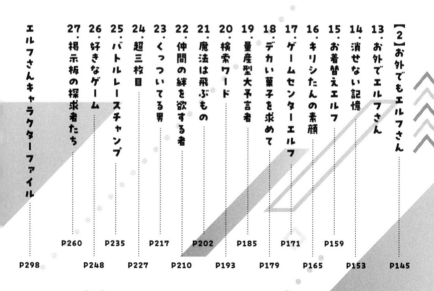

【1】配信始めたエルフさん

1．初配信

「見えてるかー？　見えてたら、『見えない』ってチャットしろー」
上位チャット：見え……え、どうしろって？
上位チャット：初手から視聴者を試すなｗ
上位チャット：見えますん

俺の言葉に数件の書き込みが付く。爆音報告もないし問題はなさそうだ。

「ん。ちゃんと映ってるみたいだな。それじゃ改めて、よく来てくれた。感謝するぞ」

上位チャット：感謝されてやるぞ
上位チャット：それでこの配信は何なの？

「配信タイトルの通りだぞ」

俺のパソコンのモニタに映る配信画面。そのタイトルにはこうある。『ＴＳしてエルフ姫になったから見に来い』
「エルフになったから、誰かに見せたくなった」

上位チャット：耳は長いな
上位チャット：髪も黄緑だな
上位チャット：美人というより可愛《かわい》い系だけど、レベルは非常に高い
上位チャット：でも、服がダッボダボのシャツってどうなの？　えっちくて大変よろしいです
上位チャット：自己解決するなw

鏡でも確認したが、実際、今の俺は美少女だ。

外見年齢は高校生くらいだろうか、まだ未成熟な雰囲気を持ちながらも女性としての色香も見え隠れしている。

眺《なが》めていてほっとする柔和な顔立ちに、エルフらしい笹《ささ》の葉《は》形に突き出た耳がアクセント。腰まで届く長い長いエメラルドグリーンの髪は艶《つや》やかで枝毛一本見当たらない。そこらのアイドルが束《たば》になって掛かってきても一網打尽にできるだろう。

「付け耳や染めた髪じゃないぞ。ちゃんと動く」

上位チャット：おお、マジで耳動く……っておいw

上位チャット：髪動いてるｗ
上位チャット：そっちもかよｗ

「ウケた」

上位チャット：だいぶ、意表を突かれたわ
上位チャット：油断してた
上位チャット：どういうことなのよｗ

「なぜか知らないが髪も動く。見よ、ドラゴンスクリュー」

上位チャット：やめてｗｗｗ
上位チャット：草生《は》える
上位チャット：どうなってんのｗ
上位チャット：すげー
上位チャット：でも、それってエルフ要素かな？

「耳はエルフだろ？」

上位チャット：いや、エルフは様々な北欧の神話や伝承に出てくる妖精のことで、かなり解釈の幅が広い。容姿も多様で、牛の尾を持つものや背中に木のうろのような穴を持つものまである。

「じゃあ、俺は何になったの？」

上位チャット：なんで、知らないいんだよw
上位チャット：【悲報】自分がエルフであると言い張る謎生物だった【可愛いのに】
上位チャット：どんな設定で配信開始したのさ？

「設定じゃなくて事実だが……。いいや、俺がこうなった経緯を話す」

◇◆◇

気が付くと、真っ白空間だった。

「俺、死んだ？」
「いやいやいやいや、死んでいませんからね⁉　どうして、そうなるんですかっ⁉」

そうは言うけど、上下左右何もなくてほんのり乳白色な空間に、部屋着でプカプカ浮いてたら死んだと思ってもしかたなかろう。

振り返ると、神々《こうごう》しいヒラヒラした薄衣《うすぎぬ》に身を包んだ、エルフ耳の可愛い少女がこれまたプカプカ浮いていた。

「どちら様？」

「こほん……私はエルフェイムが第一王女ブラン・リーレッフィと申します。今日はお願いがあって、あなたをお喚《よ》び出ししました」

「日本語、上手だな」

「あっ、ありがとうございますっ！　凄《すご》く頑張って覚えたんです！　もう、敬語とか難しくって！」

「何のために？」

「うっ……！　に、日本語でアニメや特撮番組が見たくて……。その、保温戦隊デンシジャー大好きなんです……」

なるほど、趣味人か。

「話を戻しますね。今、私たちは次元の狭間《はざま》に作られた空間に、魂だけで来ています」

「魂」

「はい。魂です。厳密には違うのですが、空間を維持できる時間は短いので、説明は割愛させてください」

「この服は？」

「着慣れたものを自身の一部として認識するそうです」

風呂上がりにいつも着てたニセモノくさい安売りロゴシャツ。お前、俺の魂の一部だったのか。それにしても、真っ白空間にエルフに次元の狭間ときて、ついには魂か。いよいよもってファンタジーだ。

「それで、あなたへのお願いなのですが」

「何だ？」

「体を貸していただけないでしょうか？」

「……手じゃなくて、体を？」

俺は首を傾《かし》げた。

「はい。比喩《ひゆ》ではなく文字通りの意味です。私の世界に現れた問題に対して、あなたの体がどうしても必要なのです」

「もしや、召喚というやつか？」

「あ、いえ、本当に体だけで十分なので、あなたの魂は日本に留《とど》まりますよ」

「そうか……」

「な、何か、ごめんなさい」

「構わない」

ちょっとがっかりしたけど。

「つまり、俺がやることはない？」

「ありません。六十日後には元通りです。あなたが認識されている通りのあなたの体に、きちんと戻ります。ただ……申し訳ないのですが、世界を越えて一方的にはものを送れないので、できるお礼はささやかになってしまいますが……」

「礼は気にするな。ちょうど俺も夏休みに入ったところだ。六十日なら問題ない」

大学の試験は先日終わったばかり。バイトの予定はないし実家に戻るつもりもなかったから影響らしい影響はない。

俺の夏休みがなかったことになるだけで人が救われるのなら、悪くない取引だ。

「ほ、本当ですか⁉」

「困ったときはお互い様だろ」

「ありがとうございます……。それでは、あなたの体をお借りします。六十日後、またお会いしましょう」

「おう。俺の体、大事にしてやってくれ」

「はいっ！　私の体も大事にしてあげてくださいね」

「ん？　どういう意味――」

◇◆◇

「で、目が覚めたら、なぜかこの体だった」

上位チャット：一方的にはものを送れないって言われてるじゃん
上位チャット：双方向になら可能なわけかw
上位チャット：思ったよりアホな理由だったぜ
上位チャット：報連相は大事ってはっきりわかるね！

「そして、面白全部で機材買ってきて配信してる」

上位チャット：全部
上位チャット：面白半分じゃないのかよw
上位チャット：え、その体で目覚めたのっていつよ？

「一時間前」

上位チャット：行動力の化身かな？
上位チャット：ははーん。この謎生物さん、さては何も考えてねぇな？

2．証明終了

「というわけで、俺はエルフになったはず」

上位チャット：依然として、耳しかエルフ要素がないんですが
上位チャット：エルフ判定ガバガバすぎでは？
上位チャット：エルフェイムという部分は合っているが。

「エルフェイムが合ってるって何？」

上位チャット：エルフェイムは北欧神話におけるエルフの国だ。アルフヘイムやアールヴヘイムとも呼ばれる。どれかは聞いたことがあるだろう。
上位チャット：ううっ……エルフェイムの巨人……俺は何パック開けたんだ……
上位チャット：アルフヘイム……ガチャ……あの分を貯金していればバイクが……
上位チャット：お前らｗ

「やっぱりエルフだ」

上位チャット：ガバいガバいw
上位チャット：もうちょっと検証して
上位チャット：ここにエルフに自信ニキがいることしか証明されてないです
上位チャット：もっと他に身体的な特徴ないの？

「胸は結構あるぞ」
この体はスタイルがいい。
ぺったんこスレンダーなエルフイメージとは異なり、しっかり出るところは出ている。ブラン姫も乳サイズで悩みはしなかっただろう。

上位チャット：割とけしからん
上位チャット：けしからんけしからん
上位チャット：目に焼き付……確認したいので、もうちょっとカメラに向けて突き出してください
上位チャット：エルフである証明をしてと言ってるのに、反証出してどうするw
上位チャット：貧乳エルフは日本の小説が原典だから問題ない。北欧神話におけるエルフは太陽よりも美しい存在として描かれており、他の伝承においてもおおよそ美人として語られている。スタイルの欠点はないと見るべきだ。

「エルフに自信ニキは本当に詳しいな」

上位チャット：え、エルフが貧乳じゃ、ない……？
上位チャット：そんな……俺のエルフ像は間違い……違う、違うんだ！
上位チャット：ショック受けてるやつらw
上位チャット：胸以外で何かないの？

「目がいい」

上位チャット：わかりにくい特徴だな
上位チャット：えらく地味
上位チャット：目がいいってどのくらい、いいの？

「よっと。正面にでっかい看板見えるか？」

上位チャット：見える
上位チャット：見えてる

上位チャット：塀のそばにある駐車場の料金案内のやつ？
上位チャット：女の子が部屋を特定されるようなことしちゃいけません！

「男だぞ。で、看板の下にアリの巣があるだろ？」

上位チャット：いや、男って……ん？
上位チャット：は？
上位チャット：え？
上位チャット：アリの巣？

「今、そこにアリがセミを運び込んでるけど」

上位チャット：セミ？
上位チャット：は？
上位チャット：は？
上位チャット：セミ？　セミ？

「先頭のアリの右足が一本短いのがわかる」

上位チャット：まず、セミが見えない
上位チャット：どこ？　セミどこ？
上位チャット：目一杯まで拡大した https://uploader.xxx/elfeye.jpg
上位チャット：……あれか、右の柱の根元
上位チャット：セミだな
上位チャット：セミまではわかる
上位チャット：セミまでしかわからない

「目、いいだろ」

上位チャット：確認できないものを例にされましても
上位チャット：でも、セミまでは確認できたし……
上位チャット：う、うーん

「確認に行く？」

上位チャット：待って待って待って

上位チャット：その格好で行く気かよw
上位チャット：自分の格好見直してどうぞ

「もう買い物は行ったぞ？」

上位チャット：エルフ耳にダボダボシャツで外出したのかw
上位チャット：そういや配信機材買ってきたって言ってたなぁ
上位チャット：ところでエルフに自信ニキ、エルフの目ってどうなってんの？
上位チャット：そんな記述は知らない。
上位チャット：また何の証明にもならないことが証明されたw

「じゃあ、エルフらしい特徴って何？」

上位チャット：んー、エルフといえば、弓って印象だけど……
上位チャット：エルフに自信ニキ、判定は？
上位チャット：伝承においてもエルフは弓が得意とされている。特にイングランドやスコットランドでは石器の矢じりが見つかることもあってか、突然の痛みや怪我《けが》に襲われることを、エルフの弓によるいたずらが原因だとする言い伝えが存在する。

上位チャット：おおー、貧乳はアウトだが弓はセーフか
上位チャット：弓いいね
上位チャット：リアルエルフが弓射るとかそれだけで絵になるでしょ！
上位チャット：見たい！　やって！

「どこで？」
俺はひとり暮らしの大学生だ。さして広い部屋には住んでいない。

上位チャット：あ
上位チャット：言われてみれば
上位チャット：場所以前に弓もなくね？
上位チャット：通ってる学校に弓道サークルない？

「俺、校内に入れるのか？」

上位チャット：適当な大学なら入れるけど……
上位チャット：バレたら問題だろうし時間も掛かるな
上位チャット：これは困った

上位チャット：ゲームじゃダメ？

「ゲーム？」

上位チャット：ＦＰＳって言ってわかるかな？　操作キャラに武器を持たせて戦わせるゲームジャンルがあるんだ

上位チャット：いいね

上位チャット：やってみよう

上位チャット：実験開始

「よし、やり方教えてくれ」

3．ＦＰＳでの実験

「おー、兵士動いてる兵士動いてる。元気に這《は》い回《まわ》ってる」

パソコンのモニタ上では、迷彩服に鉄砲を担《かつ》いだ３Ｄグラフィックの男が進行度を示すバーに合わせて匍匐《ほふく》前進を始めていた。

上位チャット：元気に這い回るは草
上位チャット：ゾンビかな？
上位チャット：ロード画面のモブの動きで喜ぶ子、初めて見たわ
上位チャット：ゲームあまりやらないの？

「友人の家で三回やっただけ」

上位チャット：今時珍しい
上位チャット：小学生でもスマホゲーくらい触るのに
上位チャット：教育方針？

「そう。『時間の無駄。目が悪くなる』ってゲーム禁止。目が悪くなってもいいから、友達の会話に加わりたかった」

上位チャット：切ない
上位チャット：教育ママかな？

「だから、この夏は瓶底《びんぞこ》メガネが必要になるまでゲームで遊ぶぞ」

上位チャット：極端から極端に走るなw
上位チャット：段々わかってきたけど、このエルフ、オンとオフしかない
上位チャット：ロード終わりそう

「お、待ってた」

スタート画面をクリックすると名前の入力画面に切り替わる。

「『エルフ』でいいか」

ブブー。使用されています。む。

『エルフ202X』使用されています。

『202X エルフ』使用されています。

「名前くれ」

上位チャット：あっさり思考放棄するなw
上位チャット：もうちょっと脳みそ使っていけ
上位チャット：実は、エルフさんに使われている俺らこそがエルフさんの脳みそな可能性が……！
上位チャット：脳みそよりダボダボシャツになりたい
上位チャット：それな
上位チャット：体の持ち主の名前なんてどう？

「ブラン姫の名前か」

『ブラン・リーレッフィ』使用されていません。行ける。決定。

次はアバターの調整。デフォルトのままでいい。

で、部屋選択。たくさんある。

「どれ選べばいい？」

上位チャット：どこかに入るより専用部屋を立てた方がいい
上位チャット：三対三部屋立ったら入りたい
上位チャット：五人くらいなら視聴者だけでも埋まるだろ

上位チャット：視聴者五〇人超えたし、余裕余裕

部屋を立てると、初期装備を二つ選択するよう求められた。

「オススメは？」

上位チャット：アサルトライフルとスナイパーライフルの組み合わせでいいと思う
上位チャット：でも、初期装備はどれも露骨に弱いんだよなぁ
上位チャット：防具もないから守りも貧弱だし
上位チャット：ステージで何か拾ったらそれに換えていくといいよ

「よし、ゲームスタート」

戦闘開始を選ぶとすぐに画面が切り替わる。よく晴れた青空の下、廃墟《はいきょ》群を望む丘が俺チームの開始地点だった。

「おおー、凄《すご》い廃墟してる。あちこち弾痕空いて壁崩れて瓦礫《がれき》でデコボコしてる。キー押したらジャンプして走る」

上位チャット：はしゃぐの可愛《かわい》い
上位チャット：微笑《ほほえ》ましい

上位チャット：喜び方がちょっと男子

「俺は男だぞ？」

上位チャット：男とは
上位チャット：で、どう戦うつもり？

「落ちてる武器の方が強いんだろ？」

上位チャット：はい
上位チャット：そうです
上位チャット：初期装備は弱い

「防具も拾った方がいいんだろ？」

上位チャット：そうそう
上位チャット：最弱防具でも二割は体力増えるし
上位チャット：それを理解しているなら、やるべきことは当然？

「突撃だぁー！」

上位チャット：な　　ん　　で
上位チャット：違う
上位チャット：違うやろ
上位チャット：違います
上位チャット：装備探して
上位チャット：どうしてそうなった

「突撃突撃ー！」

俺は敵を求めて猛然と走る。丘を下り、廃墟街の瓦礫を踏みつけ、崩れた壁の合間を突っ切る。

廃墟の中央にある広場に出れば、敵チームの開始地点はもう目の前に――

「――敵っ！」

上位チャット：あ
上位チャット：あっ
上位チャット：あちゃー

上位チャット：うーわ、待ち伏せからのヘッドショットか

上位チャット：初心者エルフ相手に容赦《ようしゃ》ない

上位チャット：いいところなかったな

上位チャット：いや、反撃できただけ大したものだよ

上位チャット：弾は頭上を飛んでったけどねｗ

広場の物陰から飛び出してきた敵に一撃を浴びせられると、死亡通知が出て、それきり立ち上がれなくなった。

「動けない」

上位チャット：死にましたから

「バグ？」

上位チャット：ヘッドショットは体力全損する仕様です

上位チャット：バグ呼ばわりは草

「場外に落ちてもいないのに一発で死ぬの？」

上位チャット：格闘ゲームじゃないんだからｗ
上位チャット：本当にゲーム全然やってこなかったんだな

「それじゃ、うかつに突撃できないぞ？」

上位チャット：うかつであることは理解してたのかｗ
上位チャット：実際、このゲームはどう立ち回るべきなんだ？
上位チャット：さっきも言ってたけど、初期装備が貧弱だから武器拾いが最優先
上位チャット：ある程度集めたら、仲間が拾った装備を確認して戦略を組み立てるのが基本
上位チャット：つまり、急戦は悪手ってわけ

「なら、待ち伏せてたやつも初心者か」

上位チャット：いいえ、配信を見て進行ルートに待ち伏せましたｗｗｗ
上位チャット：お前ｗ
上位チャット：こらこらこら

「そうか。配信中だから見られてるよな」

上位チャット：え
上位チャット：いや、それは
上位チャット：待て面白そうだ、何も言うな
上位チャット：ウン、ソウダネー

マップを見ているうちに味方はあっさり全滅。試合は終了した。

「よし、もう一戦やろう」

上位チャット：いいですとも！
上位チャット：あまりエルフさんをいじめてやるなよー

参加者もステージもそのままで、第二戦が始まる。

「行くぞ」

上位チャット：また広場に突撃？
上位チャット：いや、違う道に入った

上位チャット：ここも広場に通じる道だな
上位チャット：相手の裏を取る気か
上位チャット：頭使ってる
上位チャット：でも、裏狙いがバレてるなら、結局迎え撃たれるのでは？
上位チャット：だよな

広場に繋《つな》がる最後の直線。そのうちの一本に俺は入る。
廃墟と廃墟の間。同じように崩れた壁に左右を囲われている道たちの中で、この道だけが条件を満たしていた。
「とう」

上位チャット：ん？
上位チャット：跳んだ
上位チャット：え
上位チャット：は？
上位チャット：ちょっと待て、壁って飛び越えられるの⁉

この道にあるのは、わずか一センチほどしか余裕はないが、瓦礫を足場にすればギリギリ飛び越えられる高さの壁。そして、その先に待つのは――配信を見て待ち伏せていた敵のガラ空きの背中。

「俺の勝ちだ」

上位チャット：おおおおお
上位チャット：すげぇ、きれいに逆手に取った！
上位チャット：これは決まった！

俺の渾身《こんしん》の一連射が敵の頭――から五センチ上を通過していった。

「ありゃ？」

上位チャット：可愛い

パァン。死んだ。

「なんで？」

上位チャット：お茶吹いた
上位チャット：完全に勝ちが決まってたのにｗ
上位チャット：笑いすぎておなか痛い

上位チャット：「俺の勝ちだ」
上位チャット：草
上位チャット：でも、飛び越えられる壁なんてあったんだね
上位チャット：銃弾ですら角抜けはできても壁抜けはできないゲームだから驚いた
上位チャット：割と大発見なのに、オチに全部持っていかれてしまったw

「銃身曲がってない？」

上位チャット：曲がってないです
上位チャット：初期武器は装弾数も威力もイマイチだけど精度はめちゃいいんです
上位チャット：もっと自分の腕を疑って

「んー……当たると思ったんだが……」
　たかが九メートル二〇センチ先の目標を外すとは。

上位チャット：まあ、初心者なんだし
上位チャット：切り替えていこう
上位チャット：そうそう、次やろうよ

「ん」

試合はそのまま押し切られて味方チームの全滅に終わった。

続けての第三戦。

上位チャット：お
上位チャット：突撃しない

「ちょっと試す」

上位チャット：試す？
上位チャット：もしかして、今やってる威嚇《いかく》のこと？
上位チャット：威嚇w
上位チャット：試射と言ってあげてw

「当たらない」

上位チャット：今はどこ狙って撃ってるの？

「正面一〇七メートル先にある民家のドアノブ」

上位チャット：一〇七メートル先……七？
上位チャット：どこから出てきたの、その端数
上位チャット：弾が屋根の上飛んでってるんですが
上位チャット：これは重症ですねぇ
上位チャット：もうちょっと近づいてみ

「ん」

八〇メートル。屋根の上を通過。
六〇メートル。二階に着弾。
四〇メートル。一階玄関のひさしに着弾。
二〇メートル。ドアの上端に着弾。
一〇メートル。ドアノブの上三〇センチに着弾。

「当たらん」

上位チャット：何これ……え、マジで何これ……？

上位チャット：気持ち悪いくらい左右はピッタリ
上位チャット：なのに、一発残らず上に飛ぶ
上位チャット：……あのさ、もしかしてなんだけどさ
上位チャット：どうした？
上位チャット：エルフさん、『落下』を計算に入れてない？

「矢は落下するものだろ？」

上位チャット：矢じゃなくて銃弾です
上位チャット：弾速が違うから矢と違ってあまり落下しない

「……おお、言われてみれば」

上位チャット：いやいやいやいや
上位チャット：計算したんだけど、張力一四キログラムの女子の矢がだいたい秒速四〇メートル
上位チャット：すると、距離六〇メートルで一一メートル落下、四〇メートルで四・九メートル落下、二〇メートルで一・二メートル落下、一〇メートルで三〇センチ落下になる
上位チャット：ズレと合致してるじゃねーかｗ

上位チャット：ちょっと落下距離計算するから、それに合わせて撃ってみて

「それじゃ、あの一二四メートル先にあるバーの看板を狙ってみる」

上位チャット：また細かい数値が……その弾の弾速はおよそ秒速三七〇メートルだよ
上位チャット：着弾まで約〇・三秒だから落下距離四四センチ

「えい」

上位チャット：おいおいおい
上位チャット：うわ……
上位チャット：きれいに看板のど真ん中
上位チャット：やべぇ！
上位チャット：今、スコープ覗《のぞ》いた？　覗いてないよな？
上位チャット：え、レティクルなしで距離測ったってこと……？
上位チャット：まさかと思うんだが、建物までの距離が一メートル刻みでわかるとか言わないよね？

「一〇センチ刻みでわかるぞ。……あれ？　なんでわかるんだ？」

上位チャット：おまｗ
上位チャット：人間離れしたこと言ってる

「エルフ補正凄い」

上位チャット：凄いで済ませていいの、それぇ！
上位チャット：お前のメンタル、オリハルコンかよォ！
上位チャット：これもエルフらしさだったのか……
上位チャット：いや、オリハルコンは古代ギリシアにおいて語られた、大西洋に沈んだ島アトランティスの伝説に登場する金属。なので、エルフとは関係がない。
上位チャット：エルフに自信ニキ
上位チャット：じゃあ、オリハルコン精錬に自信ドワーフはいなかった……？
上位チャット：いない。エルフがいないのにドワーフがいるわけない。エルフがいないのに。
上位チャット：エルフに自信ニキｗ

「これなら勝てる」

上位チャット：フラグ
上位チャット：フラグだな
上位チャット：これはフラグ
上位チャット：視聴者の心がひとつになった
上位チャット：そもそも皆がエルフと呼んでいる存在はライトエルフであり、つまりは光の妖精。対して、ダークエルフやドワーフやトロールといった存在は闇の妖精。光あるところにしか闇はない。エルフなくしてドワーフはない。
上位チャット：ひとつではなかった

４．エルヴンダート

俺の放った銃弾が敵の眉間《みけん》に穴を開けた。その一撃をもって、この廃墟《はいきょ》に残る生物は俺だけとなった。

「勝った」

上位チャット：おー
上位チャット：おめでとう
上位チャット：やられたーｗｗｗ
上位チャット：フラグ、ちゃんと仕事して
上位チャット：でも、あまり嬉《うれ》しそうじゃないな
上位チャット：三戦目でようやく初勝利なんだから、もっと喜んでどうぞ

「喜んでるぞ。計算が面倒だったけど」

上位チャット：計算してたの？
上位チャット：確かにヘッドショット三回全部命中してたけど……

上位チャット：これって計算するゲームだっけ？
上位チャット：狙撃でも割と直感で撃つよ

「直感で撃つと弓の着弾点になるから……む」

上位チャット：どうしたの？

「このゲームに弓はないのか？」

上位チャット：ある
上位チャット：一応ある
上位チャット：最低レアだから初期武器にも含まれてる

「弓使う」

上位チャット：えー、やめといたら？
上位チャット：弓は控えめに言っても使えない武器だよ
上位チャット：そんなにひどいの？

上位チャット：弓も初期武器だから精度はいいんだけど、風にめちゃくちゃ影響受ける
上位チャット：山なりに飛ぶし飛距離もそこまでない
上位チャット：一発一発リロードが必要
上位チャット：要するに、本当に弓矢です
上位チャット：プレイヤーなら一度は試して、弓が廃れた理由を実感することになる

「よし、第四戦行くぞー」

上位チャット：本当に行くのか
上位チャット：どうなっても知らんぞ

そろそろ見慣れてきた廃墟街手前の丘に降り立つ。メンバーは変わらない。

上位チャット：どうするの？

「まずは試し射《う》ち。目標はドアノブ。距離は九七メートル」

上位チャット：また細かい数字が

「えい」

上位チャット：左上に大きく外れたな
上位チャット：これが普通

思ったより張力は高くて風は弱いみたいだな。調整にもう一射。

「やあ」

上位チャット：え
上位チャット：は？
上位チャット：ドアノブに当たったぞ、おい……

もう一丁、今度は山なりショット。

「とう」

上位チャット：当たった……
上位チャット：またドアノブに

上位チャット：かなり上に射ったよな？　射ったよな？
上位チャット：すげー

「飛び方わかったから行く」

上位チャット：待って待って待って！
上位チャット：おかしいからおかしいから！
上位チャット：シャレになってないんだって！
上位チャット：銃でもやったのでは？
上位チャット：そうか、プレイしたことないとわからないか……
上位チャット：解説プリーズ
上位チャット：このゲームをやったことあるなら、ヘッドショット三連発した時点でエルフさんは初心者ロールプレイしてる熟練プレイヤーだろうと推測できるんだ
上位チャット：もしくは、うまい人が代わりにプレイしてるってね
上位チャット：ところが弓となると話が変わる
上位チャット：使えない武器だと言われてる弓だけど、ロマンはあるから使う人は多いし弓専のプレイヤーだっている
上位チャット：でも、そんな人ですら、なかなか命中しない

上位チャット：弓道でやるような理想的な条件での直射はまだしも、曲射なんて……風の影響何秒受けるか考えたくもない
上位チャット：ということは、

「よし、二人目」

上位チャット：今、建物越しに弓でヘッドショット二連発した彼女は……？
上位チャット：こいつ人間じゃねぇ！
上位チャット：エルフだ！
上位チャット：なんだ、配信タイトル通りだな、解散
上位チャット：違う合ってるけど違う

仲間二人が立て続けに倒れたことで慌てたのか、無用心に背中を晒《さら》して逃げる最後のひとりにも、スコンと的中。勝利。

「弓最強」

上位チャット：なんで当たるの？　なんで当たるの？
上位チャット：チート……でもないよな、矢の軌道は自然だったし

上位チャット：吸い込まれるみたいに頭が当たりに行った
上位チャット：動きを先読みした……？
上位チャット：そんなことできるの？

「やっぱりエルフは弓適性ある」

上位チャット：弓適性……弓適性？
上位チャット：そんな一言で済ませていいのか、これ

「もう五時か。そろそろ夕飯作る」

上位チャット：終わりか
上位チャット：残念
上位チャット：次の配信はあるの？

「また配信するぞ。ちゃんと瓶底《びんぞこ》メガネにしなきゃいけないし」

上位チャット：やったぜ

上位チャット：エルフの目が悪くなっても、あなたの体は目が悪くならないのでは？
上位チャット：エルフさん（本体）とばっちりw

――この配信は終了しました――

上位チャット：あ
上位チャット：切り方ァ！
上位チャット：せめて何か言ってけ

5．掲示板の信者たち

女性配信者総合スレッド

561　名前：名無しの視聴者さん[sage]　投稿日：202X/07/22(木) 16:50
やっぱりキリシたんは最高だぜ、穏やかな気持ちになれる
こんな新人が出てくるならこの業界も安泰だな

562　名前：名無しの視聴者さん[sage]　投稿日：202X/07/22(木) 16:51
最近、いい新人いないいなー

563　名前：名無しの視聴者さん[sage]　投稿日：202X/07/22(木) 16:52
キリシたん最高だっつってんだろ、コラァ！

564　名前：名無しの視聴者さん[sage]　投稿日：202X/07/22(木) 16:55
ここまでわずか三分の出来事である

565　名前：名無しの視聴者さん[sage]　投稿日：202X/07/22(木) 16:58
穏やかとはいったい

566　名前：名無しの視聴者さん[sage]　投稿日：202X/07/22(木) 17:00
草生《は》え散らかすわ、こんなの

567　名前：名無しの視聴者さん[sage]　投稿日：202X/07/22(木) 17:02
信者の子羊は凶暴

568　名前：名無しの視聴者さん[sage]　投稿日：202X/07/22(木) 17:05
うーん、紛らわしい

569　名前：名無しの視聴者さん[sage]　投稿日：202X/07/22(木) 17:09
熱狂的な視聴者のことを「信者」っていうけど、「キリシタン」もキリスト教の信者だよな?

570　名前：名無しの視聴者さん[sage]　投稿日：202X/07/22(木) 17:12
つまり、キリシたんの信者である子羊は、信者の信者である信者?

571　名前：名無しの視聴者さん[sage]　投稿日：202X/07/22(木) 17:15
　ややこしいからやめ！

572　名前：名無しの視聴者さん[sage]　投稿日：202X/07/22(木) 17:17
　新人といえば、夏休みだし増えるかな？

573　名前：名無しの視聴者さん[sage]　投稿日：202X/07/22(木) 17:21
　夏休み？
　うお、もうそんな季節か
　学生はいいなぁ

574　名前：名無しの視聴者さん[sage]　投稿日：202X/07/22(木) 17:25
　社会人ならまだ就業中でしょうがw

575　名前：名無しの視聴者さん[sage]　投稿日：202X/07/22(木) 17:29
　祝日をご存じない？

576　名前：名無しの視聴者さん[sage]　投稿日：202X/07/22(木) 17:32

九時五時をご存じない？
俺はご存じない……

577　名前：名無しの視聴者さん［sage］投稿日：202X/07/22（木）17:35
その攻撃は俺にも効くからやめろください

578　名前：名無しの視聴者さん［sage］投稿日：202X/07/22（木）17:38
新人なら、面白いやつ出てきたぞ
ＴＳエルフ姫

579　名前：名無しの視聴者さん［sage］投稿日：202X/07/22（木）17:41
また属性ゴテゴテくっつけたな

580　名前：名無しの視聴者さん［sage］投稿日：202X/07/22（木）17:46
俺も見てたけど凄《すご》かったわ

581　名前：名無しの視聴者さん［sage］投稿日：202X/07/22（木）17:49
凄いって何やったんだ？

582 名前：名無しの視聴者さん[sage] 投稿日：202X/07/22(木) 17:52
開始一時間でガンフィールドでキリシたんを超える弓使いになった

583 名前：名無しの視聴者さん[sage] 投稿日：202X/07/22(木) 17:55
マジで？

584 名前：名無しの視聴者さん[sage] 投稿日：202X/07/22(木) 17:58
キリシたんが勝負にならないレベル

585 名前：名無しの視聴者さん[sage] 投稿日：202X/07/22(木) 18:00
へえ、すげぇな

586 名前：名無しの視聴者さん[sage] 投稿日：202X/07/22(木) 18:04
あと、言動自体がはちゃめちゃで面白くてな
途中からだけど、録画データあるから今、上げるわ

587 名前：名無しの視聴者さん[sage] 投稿日：202X/07/22(木) 18:04

はあ⁉
あたしが弓で負けるわけないでしょ！
ちょっと最強ってものを教えてくるわ！

588　名前：名無しの視聴者さん［sage］投稿日：202X/07/22(木) 18:06
今のって、もしかして……

589　名前：名無しの視聴者さん［sage］投稿日：202X/07/22(木) 18:07
言ってやるな

590　名前：名無しの視聴者さん［sage］投稿日：202X/07/22(木) 18:08
神降臨！
記念カキコ

591　名前：名無しの視聴者さん［sage］投稿日：202X/07/22(木) 18:10
ありがたやありがたや

592　名前：名無しの視聴者さん［sage］投稿日：202X/07/22(木) 18:13

降臨したのは信者なんだよなぁ

593　名前：名無しの視聴者さん［sage］投稿日：202X/07/22（木）18:15
誰がややこしいこと言えと

594　名前：名無しの視聴者さん［sage］投稿日：202X/07/22（木）18:18
お待たせ
エルフ動画@ガンフィールド
ttps://uploader.xxx/elfgun.mp4

595　名前：名無しの視聴者さん［sage］投稿日：202X/07/22（木）18:22
うっわ、なにこれ

596　名前：名無しの視聴者さん［sage］投稿日：202X/07/22（木）18:24
何メートル当ててんだよw

597　名前：名無しの視聴者さん［sage］投稿日：202X/07/22（木）18:26
俺の知ってるガンフィールドの弓じゃない

598　名前：名無しの視聴者さん［sage］投稿日：202X/07/22(木) 18:26
全弾ヘッドショットはやばい

599　名前：名無しの視聴者さん［sage］投稿日：202X/07/22(木) 18:27
曲射でも止まった的《まと》にならら六割命中させられると豪語していたキリシたんが負けるわけないだろ、いい加減にしろ！

600　名前：名無しの視聴者さん［sage］投稿日：202X/07/22(木) 18:28
【悲報】キリシたんさん、最強を教わる

601　名前：名無しの視聴者さん［sage］投稿日：202X/07/22(木) 18:30
それはそれでおいしい！
記念カキコ

602　名前：名無しの視聴者さん［sage］投稿日：202X/07/22(木) 18:31
ありがたやありがたや

603　名前：名無しの視聴者さん［sage］投稿日：202X/07/22（木）18:33

子羊はたくましいなぁ

6．夕食実況

「エルフって何食べるの？」

上位チャット：第一声ｗ
上位チャット：え、何？
上位チャット：エルフの配信だよね？
上位チャット：なんで自分のこと知らないの……？
上位チャット：ほら、初見さんが困惑してるｗ

現在時刻は十七時四十分。初回配信から一時間弱を経《へ》て、俺は二回目の配信を開始した。
「俺は予備知識ゼロでエルフになったから、エルフがどんな生き物なのか知らないんだ」

上位チャット：あー
上位チャット：そういえば、そういう設定だったな
上位チャット：今までどうやって生きてきたの？
上位チャット：今日の午後に急にエルフになったんだよ

上位チャット：？？？

「エルフの姫に体貸してって言われて入れ替えられた」

上位チャット：なるほどわからん
上位チャット：説明聞いても、大半が謎
上位チャット：※このけしからんダボダボシャツは自前です
上位チャット：前の配信では何を話してたの？

「目よくて弓いいぞって言ってた」

上位チャット：弓？
上位チャット：弓いい？

「んー、説明するの大変だな」

上位チャット：説明といえるのか、これはｗ
上位チャット：エルフさん、アーカイブ設定したら？

「アーカイブ設定って何？」

上位チャット：配信の動画ログを公開する方法だよ
上位チャット：いちいち説明するより楽でしょ
上位チャット：アーカイブないと切り抜きにも困るし、ぜひ頼む

「便利なものがあるんだな」

上位チャット：本当に何も知らないまま配信始めたのね
上位チャット：ガワはこんなに手が込んでるのに
上位チャット：耳と髪動くもんな
上位チャット：髪？
上位チャット：耳はわかるけど髪？
上位チャット：アーカイブ見れ
上位チャット：ないんだよ！
上位チャット：出遅れた！　エルフさん、また何か変なこと言った？

「またも何も、俺は変なことなんて言ってないぞ？」

上位チャット：え？
上位チャット：はい？
上位チャット：この自覚のなさである
上位チャット：何食ったらそんな言葉が出るんだ

「だから、まだ何も食べてないんだって。お腹空《なかす》いたけど、エルフが何食べれるかわからないから教えてくれ」

上位チャット：きれいに話題がループしたな
上位チャット：それで『ＴＳしてエルフ姫になったから夕食教えて』なんて、妙な配信始めたのか
上位チャット：一般的には草食なイメージだな
上位チャット：肉食ったら吐きそう
上位チャット：ショック症状起こして倒れかねない
上位チャット：言われてみると、確かに怖いな……
上位チャット：エルフに自信ニキ、判定を
上位チャット：各種神話や伝承において、エルフの食事に特別な制限はない。北欧神話では、神々

の宴《うたげ》に参加し、また人々に食事を振る舞うために製粉をしたエルフがいるとされている。
上位チャット：さすが
「お、食べれるのか。作ったのが無駄にならなくてよかった」
俺は安心して夕飯を取りに向かう。

上位チャット：お、夕食配信来る？
上位チャット：ちょっとドキドキしてきましたよ
上位チャット：エルフさんのおくちの奥まで見ていいんですね？
上位チャット：アウトじゃないけどセーフでもないこと言ってるやつがいる

カメラの前にドンと夕飯を置いて、着席。
「いただきます」

上位チャット：待って
上位チャット：待て
上位チャット：待とうか
上位チャット：それは違う

上位チャット：鍋に入ったままのラーメンってｗ
上位チャット：男らしすぎるｗ

「俺は男だぞ。ひとり暮らしの夕飯なんてこんなもんだろ？」

上位チャット：確かにそうだけど
上位チャット：俺も週一でやるなぁ
上位チャット：鍋で直《じか》は悪いことしてるみたいで、ちょっとウキウキする
上位チャット：わかるｗ
上位チャット：エルフ少女の夕食配信だぞ、喜べよお前ら……
上位チャット：泣いた

「あむ」
ずるずるずぞぞ

上位チャット：めっちゃいい音立ててすすってるｗ
上位チャット：美人リポーターがラーメン食う番組はたくさんあるけど、ここまで豪快ではないなぁｗ

上位チャット：女捨ててる女芸人とはまた違う趣《おもむき》を感じる
上位チャット：西洋系の女の子がエルフ耳付けてラーメン上手にすすってると聞いて興奮してきた
上位チャット：お前のストライクゾーン狭くない？
上位チャット：そのまま罵ってくれれば完璧
上位チャット：お前のストライクゾーンだいぶ狭くない？

「お前らってカレーは福神漬け派？　ラッキョウ派？　プレーン派？」

上位チャット：すっげぇ日本人くさい話題ぶっ込んできたな、このエルフw
上位チャット：辛口に福神漬け派
上位チャット：プレーン
上位チャット：福神漬けだけど、日本文化に馴染《なじ》めなくて文句言ってる外国人に見せてやりたいw
上位チャット：ラッキョウの同志少ないな
上位チャット：俺はプレーンだけどラーメンの感想は？

「うまい」

上位チャット：違うそうじゃない

上位チャット：もうちょっと食レポして
上位チャット：エルフになっても味覚は変わんなかったの？

「味覚が大きく変わった感じはないけど、以前よりうまく感じるぞ。前が八〇うまいなら、今は九〇うまいくらい」

上位チャット：単位よｗ
上位チャット：誤差レベルだな
上位チャット：人間とエルフの差は小さい
上位チャット：むしろ、男女差か？

「でも、キノコはちょっと好き。入れたシイタケがいい味してる」

上位チャット：エルフに自信ニキ？
上位チャット：ウェールズのエルフはカエルの腰掛けと呼ばれるキノコやフェアリーバターと呼ばれるキノコなどを食べているという記述がある。

「昼に作ったのも食べきる」

上位チャット：追加料理？
上位チャット：こうも堂々とカメラから出ていく配信ってなかなかないわ
上位チャット：本当に自由だなｗ

「ただいま」

上位チャット：お帰り
上位チャット：何持ってきたの？

「味噌汁《みそしる》」

上位チャット：おいｗ
上位チャット：ラーメンに味噌汁はねぇよ！
上位チャット：このエルフおかしいｗ

「明日まで取っとくと腐るぞ？」

上位チャット：夏だし、そうだろうけどさｗ
上位チャット：当たり前なもの食べる配信でこれだけツッコミたくなったのは初めてだｗ
上位チャット：フリーダムエルフ
上位チャット：冷蔵庫入れろｗ

「人増えた？」

上位チャット：前回の倍くらいになった
上位チャット：今、一三〇人超えた
上位チャット：突発配信でも集まるもんだな

「配信ってこういうものじゃないの？」

上位チャット：普通はＳＮＳなんかで予告する
上位チャット：突発にしても「配信開始しました」くらいは連絡する
上位チャット：そうじゃないと追い掛けられないからな
上位チャット：これからも配信するならＳＮＳ使ってくれると助かるわ

「じゃあ、アカウント取ってくる。またな」

上位チャット：待て待て待て
上位チャット：切るな
上位チャット：切らないで
上位チャット：せめて、アカウント名をくださぁい！
上位チャット：追い掛けられないっってんでしょ！

「それもそうか。少し待ってろ」

上位チャット：このヒヤヒヤ感よ
上位チャット：生配信で「待って」ってチャットしたことは何度もあるけど、ここまで必死になったことはないわw
上位チャット：このエルフさん、絶対フリじゃないもんな
上位チャット：止めなかったら間違いなく切ってた
上位チャット：危なっかしいにもほどがある
上位チャット：でも、ちょっとクセになってるんだろ？
上位チャット：なってる

上位チャット：なった
上位チャット：ならずにはいられない
「取れた。名前は例によってエルフ姫の」
上位チャット：フォロー一番乗りィ！
上位チャット：出遅れたぁ！
上位チャット：ここに来てない初回視聴組のために説明文も入れてあげて
「それらしくなった」
上位チャット：アイコンはデフォのままか
上位チャット：ヘッダーもそのまんま
上位チャット：その辺は追々でいいでしょ
「ん？」
上位チャット：どうしたの？

「なんか、通知が来てる……ダイレクトメッセージ？」

上位チャット：ダイレクトメッセージは受け付けるように設定したのか
上位チャット：視聴者の誰かが送ったんじゃない？
上位チャット：迷惑メッセージなら通報するんだよー

「えーと……『ちょっと矢が当たるからって調子に乗ってるみたいだけれども、上には上がいるってことを思い知らせてあげるわ！　ヘッドショットをぶち込んであげるからガンフィールドで勝負なさい！　最強の弓使いキリシたんより』。何これ？」

上位チャット：挑戦状来たぁー！
上位チャット：昨日の今日っていうか今日の話なのにw
上位チャット：その子が前回話題に出たガンフィールドの弓専さん
上位チャット：え、本物？　騙《かた》りじゃなくて？
上位チャット：失礼ね、本物よ！
上位チャット：いたw
上位チャット：というか、読み上げないでよ！

「読み上げちゃダメなのか？」

上位チャット：何のためにわざわざダイレクトメッセージにしたと思ってるのよ！　コラボ申し込みって言っても、事前の調整があるでしょ！

「事前の調整？」

何の話かと少し考えて、彼女が話題に出たときのチャットをはたと思い出す。

「ああ、代わりにプレイする人の都合があるか」

上位チャット：あっ
上位チャット：ちょ
上位チャット：おま
上位チャット：あたしはガチ勢よ！！！！！！！！！！！！　替え玉プレイヤーなんていないわよ！！！！！！！！！！　ふっざけんじゃないわよ！！！！！！！！！！！！！！！
上位チャット：マジギレしたw
上位チャット：そりゃねぇ
上位チャット：キリシたん、弓で大会に出るような本物だから
上位チャット：ナチュラル煽《あお》りは草ですよ

「そうか。じゃあ、いつやる？」

上位チャット：今すぐよ！　今すぐ勝負なさい！　子羊なら今日あたしの配信予定がないことくらい知ってるわね！　替え玉なんかじゃない、あたし本人が叩《たた》きのめしてやるわ！
上位チャット：子羊って？
上位チャット：キリシたんの視聴者の呼び名だよ

「よし、やろうやろう。たくさん射るぞ」

上位チャット：キリシたん逃げて
上位チャット：逃げてー
上位チャット：なぜ戦いを挑もうと思ってしまったのか
上位チャット：あたしも突発配信の告知して配信準備するから掛かってきなさい！

「楽しみ楽しみ」

上位チャット：ニコニコエルフ
上位チャット：大喜びっすね

「ゲームで勝負を挑まれるなんて十年ぶりだからな」

上位チャット：いかん、闇が漏れたぞ
上位チャット：教育ママ……
上位チャット：テンションが上がったエルフさんに矢ぶすまにされるキリシたんにご期待ください
上位チャット：これより天に召されるキリシたんに祈りを捧《ささ》げます、ラーメン

上位チャット：あと味噌汁
上位チャット：それエルフさんの夕食

7．Vライバーとはつまり

キリシたん。正式なライバー名は『大名キリシ』。「だいみょう」ではなく「おおな」らしい。

『ライバー』とは主に生放送を配信する人のことで、その中でもキリシたんはヴァーチャルなアバターをまとって配信を行う『Vライバー』のひとりだそうだ。

つまり、

「電子着ぐるみ生放送やってる人なのか」

上位チャット：すっごい言葉w
上位チャット：合ってるけどさw
上位チャット：電子着ぐるみ生放送とかいうパワーワード
上位チャット：かくいう私も電子着ぐるみ生放送を嗜《たしな》んでいましてね
上位チャット：電子着ぐるみ生放送は生き甲斐《がい》
上位チャット：いつも心に電子着ぐるみ生放送
上位チャット：声に出して読みたい日本語

『エルフ！　さあ、やるわよ！　せいぜい揉《も》んであげるわ！　覚悟はいいわね！』

トゥーン調にデフォルメされた愛らしい容姿に戦意を乗せて、青みがかった黒の修道服に身を包んだ金髪碧眼《へきがん》の高校生くらいの少女が俺のパソコンのモニタの中で仁王立ちをしていた。
「よしきた。それじゃ、試合開始だ！」
上位チャット：揉み殺す気だ
上位チャット：揉み殺し返す気もありそうだ

ルールは降下あり三対三のチーム戦。それぞれ視聴者プレイヤー二名を連れていき、先に相手チーム全員を倒した側が勝ちとなる。
選ばれたフィールドは絶海の孤島。半径三キロメートルもない小さな島で、わずかに建物が存在する小高い島中央部を生い茂る木々が囲み、それをさらに砂と岩でできた浜が囲んでいる。
『子羊たち、行くわよ！　降下目標は船着き場の木箱！　まずは固定配置のアイテムを回収するのよ！』
上位チャット：おおー、パラシュートさばき上手
上位チャット：キリシたん、アイテム箱に直接降りる気か？
上位チャット：凄《すご》いな
上位チャット：本当にガチ勢なんだな

『このくらい楽勝よ！　リアルの弓道大会にパラシュート持っていったのは伊達《だて》じゃないわっ！』

上位チャット：これはゲーム脳
上位チャット：現地で降下するための飛行機を探して気付いたらしい
上位チャット：気付くの遅いｗ
上位チャット：よくパラシュートが家にあったなｗ

キリシたんはパラシュートを操り、予告通りにアイテムが入っている木箱の上に着地した。ので、

「えい」

すこん。プレイヤーネーム『キリシたん』が死亡しました。

『はあああああああああああああああああああああああっ⁉』

上位チャット：鼓膜《こまく》返して
上位チャット：気持ちはわかる
上位チャット：鼓膜を返してほしいという気持ちを理解する視聴者
上位チャット：そっちは知らん

morin

「まずひとり」

『ちょ、ちょちょちょ、ちょっと待ちなさいよっ⁉』

「何か疑問か？」

『疑問に思うに決まってんでしょ！　どこから射たのよ⁉』

「中央の木の上だな」

『なんで当たるのよ⁉』

「木箱に降りるって言ってたから」

上位チャット：違うそうじゃない
上位チャット：スナイパーライフルで狙っても、しばしば外す距離なんですよ、それ
上位チャット：ここ、風強いもんねぇ
上位チャット：えええぇ……何これ？
上位チャット：もしや、ＭＯＤ入れてる？
上位チャット：死亡判定の書き換えか？
上位チャット：子羊たちがチートを疑い始めたw
上位チャット：気持ちはわかる
上位チャット：鼓膜を返してほしいという気持ちを理解する視聴者
上位チャット：そっちは知らんて

『と、とにかく子羊たち、気を付けなさいっ！』

キリシたんチームの残り二名は、指示を受けてひとまず手近な遮蔽物に身を隠すことを選択した。が、

上位チャット：悪手を選んじまったな

上位チャット：それやったんですよ、俺らのときも

俺が使うのは弓矢だ。射線がほぼ水平になる銃弾とは異なり、山なりに飛ぶ。

つまり、

「えい。やあ」

屋根のない遮蔽物に意味はない。むしろ、動かない分だけ当てやすい。

上位チャット：うーん、完封

上位チャット：こんなんどうしろとw

「勝った」

『嘘《うそ》でしょっ⁉』

上位チャット：ひどいものを見たｗ
上位チャット：キリシたんチーム、一射もしてないんですが
上位チャット：あっという間だったな
上位チャット：一分も経《た》ってないｗ

「それじゃお疲れ」
『えっ？』

上位チャット：待て待て待て待て待て
上位チャット：待って
上位チャット：早い早い早い

「決着したけど、まだ何かあるのか？」

上位チャット：いや、その何と言いますか
上位チャット：もうちょっとこう、いろいろとだな
上位チャット：コラボなわけで……

上位チャット：速攻はいいんだけど速攻は困るっていうか……
上位チャット：やばい、何て言えばいいんだ

「んー？」

上位チャット：エルフさん、コラボの対戦は二本先取だよ
上位チャット：！
上位チャット：それだ！

「なるほど。二回戦行くぞ。キリシたん、準備はいいか？」
『え、あ、す、すぐするわ。ちょっと待ってなさい！』

上位チャット：その業界の常識、初耳なんですが
上位チャット：信じろよ！　お前ら信者だろ！
上位チャット：そうだそうだ！　信者らしくもっと信じろ！
上位チャット：信心を問われる子羊たちであった
上位チャット：ちょっと違う

8. 生きている前世

「メグはメグメグ星に帰ることになりました。短い間でしたが、視聴者の……メグファンの皆さんと一緒にいられたことを幸せに思います」

二年前、メグメグ星人というVライバーがひっそりと活動の幕を閉じた。

活動期間はわずかに三ヵ月。登録者数が伸びず、収益化の見通しが立たなかったことが理由だった。

「ありがとう、皆さん。本当に……本当に……ぐすっ」

それでも引退の挨拶ができたのは、彼女も所属企業もファンを大事にしていたからであった。

そして、その気持ちはこのときに見ていたファンにも伝わった。

だから、これは善意の気持ちでされたチャットだった。

上位チャット：次はもっと個性的なキャラで頑張って！
上位チャット：目立つキャラにしてね
上位チャット：誰にも負けないキャラで行こう

「こんなあたしじゃダメなんだ……。もっと個性的で、目立って、誰にも負けないキャラにならなきゃ……！」

彼女は涙ながらに再起を決意した。

後に、《ガンフィールド》にて弓縛りプレイで人気を博すキリシたんは、こうして生まれたのだった。

◇◆◇

「だから、弓では絶対に負けらんないのよ……絶対に！」

机の前の写真立てに飾られた、たった一枚描かれたメグメグ星人のファンアートに誓う。

「……エルフ、あんたの配信を見ながら戦っても構わないかしら？」

『相手の配信は見ていいルールだって聞いたぞ』

「なら、遠慮なく。エルフ！　準備できたわよ！」

『おう！　二試合目、行くぞ！』

個性的で、目立って、誰にも負けないVライバー。『最強の弓使い』にそれを見出《みいだ》したキリシたんは彼我の力量差を理解できた上で勝負を挑む。

「子羊たち！　悪いけど、あたしは勝ちに行くからあんたらの支援はできないわ！」

上位チャット：え、勝ちに行くの？

MEGUMEGU

上位チャット：いや、無理でしょ
上位チャット：さすがに、チーターは相手が悪いよ
上位チャット：エルフさんはチーターじゃないぞ
上位チャット：そうそう、バグってるだけだ
上位チャット：バグ扱いは草

負けを当然のことと予想するチャット欄を、歯を食いしばって無視し、素早く降下したキリシたんは遮蔽物を伝って島内で一番大きな倉庫に侵入する。

上位チャット：倉庫に入ったな
上位チャット：待ち伏せに向いてなかった気がするんだけど
上位チャット：お、エルフさんが接敵した

『てい』

気の抜ける掛け声と共に、キリシたんチームのひとりがあっさりと討ち取られる。撃ち合いにすらならなかった。

上位チャット：お見事

上位チャット：うわ、あれで当たるのか
上位チャット：高台さえ守れれば弓の射程なんて大したことないはずなのに！
上位チャット：守れないんだから、どうしようもないです
上位チャット：エルフさんなんてジグザグに走ろうと遮蔽物に隠れようと確実に当てられるだけなのに、なぜ負けるんだ！
上位チャット：理由は明白なんだよなぁ

その後、キリシたんチームの残るひとりは射線を切ったまま五分近く粘ったが、エルフチームの二人に追い立てられ、

『うりゃ』

最後は、建物の陰から建物の陰へ移る、ほんの数秒を捉《とら》えられて沈んだ。

上位チャット：あの隙間《すきま》が走り抜けられないかぁ
上位チャット：エルフさんの狙撃が未来予知じみてる
上位チャット：あとはキリシたんだけか、厳しいな
上位チャット：そのキリシたんは何してるんだ？
上位チャット：そういや、見てなかったな
上位チャット：ここどこ？

上位チャット：倉庫の地下だよ
上位チャット：ずっと弓構えて待ってたのか
上位チャット：いや、さっきまでは変な動きしてた
上位チャット：変な動き？

キリシたんのプレイキャラクターは、薄暗い倉庫の地下で、天井《てんじょう》の隅に照準を合わせたまま静止していた。

キリシたんは目を伏せ、深呼吸を二度、三度。深く、深く、肺の中身をすべて吐き出すように深く息をする。

時間いっぱい。待ったなし。覚悟完了。

プレイヤーに連動して、アバターのキリシたんも目を開く。

「来なさい、エルフ。これがあたしの隠し玉よ」

『いいな、そういうのワクワクするぞ！』

エルフチームの二人を待たず、エルフは単独でキリシたんがいる倉庫へと向かう。

緩んでいたといえば、緩んでいたのだろう。だが、緩んでなかったとしても、これを避けることは叶《かな》わなかったに違いない。

『突撃突撃ー！』

上位チャット：……ん？
上位チャット：まだエルフさんは倉庫に入ってないのに、キリシたんがもう弓を引いてるな
上位チャット：息止めも開始してる
上位チャット：なんで、このタイミングで？

息止めゲージを限界まで使って、タイミングを合わせる。揺れる。揺れる。揺れて合わない照準を、キリシたんは積み上げた経験と集中力で強引にねじ伏せる。

この一射にすべてを乗せて——

「シッ！」

上位チャット：あ
上位チャット：え
上位チャット：撃った
上位チャット：なん、え？

エルフが倉庫の敷地《しきち》に足を踏み入れたその瞬間に、地下のキリシたんの矢は放たれた。
当たるわけがない軌道。矢は地下室の隅に飛んでいき——

上位チャット：すり抜けた⁉

——壁と天井のテクスチャの間をすり抜けた。
すり抜けた矢は、さらに飛んで、倉庫と倉庫の外の地面とのテクスチャの間をもう一度すり抜け、

『死んだ』
プレイヤーネーム『ブラン・リーレッフィ』が死亡しました。

上位チャット：おおおおおおおおおおおおおおおおお
上位チャット：えええええええええええええええ
上位チャット：嘘《うそ》⁉
上位チャット：ちょっと待て何やった⁉
上位チャット：このゲーム、角抜きはできても壁抜きはできないはずだろ！
上位チャット：二枚抜きだ！　抜けた先の角も抜いて、二枚抜きをやったんだ！
上位チャット：そんなバカな⁉

「どうだ！　最強の弓使いはあたし、キリシたんよ！」

上位チャット：かっけぇ！

上位チャット：うぉおおおおおお！　キリシたん！
上位チャット：キリシたん！　キリシたん！
上位チャット：キリシたん！　キリシたん！
上位チャット：キリシたん！　キリシたん！

かつて、涙の中消えた少女は、大勢のファンに囲まれて堂々と胸を張って戦っていた。

9．エルフライツビジネス

「お前らって、かめはめほにゃららとか波動ほにゃららとか、出そうとしたことある？」
上位チャット：また唐突に日本人くさい話題をぶっ込んできたな
上位チャット：※エメラルドグリーン髪した西洋人っぽいエルフさんのお言葉です
上位チャット：なぜ一文字伏せたし

「伏せないと危ないだろ」
上位チャット：危ない？
上位チャット：何が？
「エルフだぞ？　正式名言って、本当に出ちゃったらどうする。かめはめほにゃららとか波動ほにゃららとかをこっそり練習する小学生じゃないんだから」
上位チャット：かめはめほにゃららは魔法だった説

上位チャット：どうして、エルフさんは俺の小学生時代を知ってるんだ⁉
上位チャット：エルフさんは、眼帯して『組織』を警戒してた俺の幼馴染《おさななじみ》だったんだな……
上位チャット：すべての感情を失ってたから、エルフさんは俺の幼馴染
上位チャット：黒歴史と引き換えにエルフさんの幼馴染になれる権利、爆売れ
上位チャット：なんだその究極の取引
上位チャット：黒歴史と引き換えにエルフのダボダボシャツになれる権利なら欲しい
上位チャット：ラインナップを増やすな

『あんたら、何の話をしてんのよ……』

「お、キリシたん。終わったのか？」

『ええ、終わったわよ！　あんたのチームの残り二人も倒して、あたしの逆転勝利！　これで一勝一敗よ！』

　ゲーム画面に目を向けると、キリシたんチームの勝利が表示されていた。

「二対一でも勝てるんだな」

上位チャット：エルフさんはほぼ三対一で勝ってるんですがそれは
上位チャット：ナチュラルに自分をカウントしない強者《つわもの》ムーブ

「どうやって勝ったんだ？」

『待ってたら生存数で判定負けになるから打って出たわよ！　ひとりひとり順番に射殺《いころ》してやったわ！』

「なんで怒ってるんだ？」

『あんたが！　試合！　見てないからよっ！』

上位チャット：草
上位チャット：笑っちゃいけないけど笑う
上位チャット：俺の口の中にあったお茶がモニタとその周辺にワープするバグが発生したんだけど、どこに訴えればいい？
上位チャット：飲み込め
上位チャット：誰がうまいこと言えと
上位チャット：それにしても、キリシたんがゴースティング前提の技を練習してるとは思わなかったな

「ゴースティングって何？」

『……相手の配信を視聴しながら戦うことよ。相手の状況が把握できるから有利になる。今、あたしとエルフはそれぞれ同時に配信しているけれど、そういう場合でも、するならば必ず許可を取ら

ないといけない禁じ手よ』
「なんで、そんな面倒な技練習してたんだ？」
『これはソロでやるつもりの技じゃなかったのよ。観測手役の味方プレイヤーに、敵が目標地点に入った合図をもらって攻撃するはずだったの。今日は目印を共有する時間もないから、しかたなくこうしたってわけ』
「なるほど。……ん？　俺、前の配信のとき許可取られたか？」

上位チャット：取った
上位チャット：取ってた
上位チャット：エルフさんは快諾してくれました
上位チャット：ゴースティング万歳って言ってた
上位チャット：お前らｗｗｗ

「しょうがないなー、お前らは」

上位チャット：サーセンｗ
上位チャット：エルフさんが可愛《かわい》くてつい
上位チャット：練習だったから許して許して

「ん。許した」

上位チャット：許された
上位チャット：許されたぞぉ！
上位チャット：無　罪　放　免
上位チャット：ガハハ、我らの正義が証明されたな！
上位チャット：黒歴史と引き換えにエルフの幼馴染になる権利、正式販売許可！
上位チャット：買ったァ！
上位チャット：ダボシャツ権利の許可はまだかね？
上位チャット：こいつら、許してはいけなかったのでは？

『……ずいぶんと視聴者と仲良いじゃない』

「そうか？」

『ええ。羨《うらや》ましい……妬《ねた》ましいくらいよ』

先の試合から開いている、キリシたん側の配信画面。そこを流れるチャットの数は、確かに俺の配信画面を流れるチャットと比べると少なかった。

でも、

「キリシたんも仲良さそうだぞ」

『慰《なぐさ》めなんて要《い》らないわ』

「そういうつもりじゃないんだが」

『何よ？』

なんとなくわかってきた。

キリシたんは見るべきものが見えてない。

「んー。今、何を言っても伝わらないからいい。やろうぜ、最終戦。その必殺技——攻略してやるぞ」

『やれるもんならやってみなさい！』

10. セットアップ攻防戦

『子羊たち！　倉庫周辺で時間を稼《かせ》いでちょうだい！』
最終戦も第二戦と同様に、開幕と同時にキリシたんが倉庫に向けて直接パラシュート降下。そのまま倉庫に侵入する。
キリシたんチームの二人も倉庫周辺に降下し、武器集めを開始した。
上位チャット：初期武器だと場所取りで負けないからいいな
上位チャット：弓を使う数少ない利点
『くっ……やり直し！』
薄暗い地下室に潜ったキリシたんは、なにやら細かい動作を繰り返している。声を聞くに、うまくいってない様子だ。
上位チャット：セットアップか
上位チャット：アクションゲームのバグありＲＴＡで見る動き
上位チャット：そっか、角の二枚抜きできる場所なんて、そんなにあるわけないもんな

上位チャット：そんなにないどころか、ピクセル単位の話になるぞ

「行くぞ。後ろは任せた」

上位チャット：エルフも行った
上位チャット：キリシたんの準備が整《ととの》うのが先かエルフさんが突入するのが先かの勝負だ
上位チャット：ガンフィールドで急戦が有効な戦術って本当に意味不明w
上位チャット：それな

目標の倉庫に向かうルートは大きく分けて三つ。砂と岩の海岸沿いを進むルート、木々に覆われた川を遡《さかのぼ》るルート、そして、中央部の深い森を抜けるルート。
それらの中から、俺が選んだのは森を抜ける東進ルートだった。

「進め進めー！」

上位チャット：ほう、森ルートとは考えましたね
上位チャット：正解なのか？
上位チャット：最もいやらしい選択をした
上位チャット：倉庫に向かう道の中では一番遮蔽物が多くて倉庫を見下ろす格好でもあるから、キ

リシたんチームは妨害がしにくい
上位チャット：エルフさんの狙撃を活《い》かせるルートってことか
上位チャット：頭脳派エルフ

「そうなのか」

上位チャット：あ、これなんとなく選んだやつだ！
上位チャット：「頭を使え」と言われたら頭突きで解決するタイプの頭脳派エルフ
上位チャット：相談するとか悩むとかしてw
上位チャット：このエルフ、決断力がありすぎるw
上位チャット：賞味期限まだ一週間しか過ぎてないのに納豆捨てるくらい決断力ある
上位チャット：それは捨てて

一方のキリシたんチームの二人は、遠距離からの攻撃に終始し、じりじりと倉庫に向けて後退する戦法を選択したようだった。

「やりにくい」

上位チャット：熟練の子羊は大したもんだな

上位チャット：エルフさんは異常な命中精度と先読みを誇る狙撃手だけど、射程自体は弓だから射程外から撃ち込めば安全だわな
上位チャット：でも、キリシたんチームが拾えたスナイパーライフルはどっちも弱いね
上位チャット：吟味《ぎんみ》する時間もなかったからなぁ

「弱いの？」

上位チャット：弱いぞ
上位チャット：射程が短く照準がブレやすくダメージ量も少ない
上位チャット：典型的な低レアスナイパーライフルです
上位チャット：ヘッドショットしたら死ぬのは同じだけど、それ以外なら被弾しても数発は耐えられるレベル
上位チャット：俺、実戦で使ったことねぇ

「よし、突撃するぞ」

上位チャット：待って
上位チャット：待て待て待て

上位チャット：どうして、このエルフは……このエルフは……
上位チャット：数発で死ぬって言ってんだろ！
「射程が短いなら、詰め寄られる方が嫌だろ？」
上位チャット：エルフさんが頭使ってる⁉
上位チャット：射程に入ったやつ絶対殺せるエルフさんなら、嫌だな
上位チャット：言われてみれば
上位チャット：……確かに
「隠し玉まで使ったやつをあまり待たせるのもなんだからな。悪いが、前座にはさっさと消えてもらう」
上位チャット：勝ちゼリフ来た！
ダメージを厭《いと》わず前進し始めた俺たちに、キリシたんチームの二人はなおも妨害を続けた。狙撃だけでなく罠《わな》も起動させ、ときには自らを囮《おとり》に使い、しぶとく抵抗した。
しかし、武器すらろくに調達できてないのに、頑強な陣地を作ることなどできるはずもなく、

「えい」

上位チャット：おおおお！
上位チャット：やった！
上位チャット：なんとか突破！
上位チャット：排除完了！　排除完了！

キリシたんチームの二人は死亡した。もうゲームには何も関与できない。

だが、

『十分よ、よく頑張ったわね。子羊たち』

すでに、キリシたんは倉庫の地下室で矢をつがえて、天井《てんじょう》の角を狙って静止していた。

「さあ、遊ぼうぜ、キリシたん」

11. ブルズアイは射貫《いぬ》かれた

壁抜きはＦＰＳで多々見られる、仕様ないしバグなのだそうだ。

薄手のカーテンをあえて貫通できるよう設定することもあれば、逆に大岩に付けるはずの当たり判定を忘れてスポンジにしてしまうこともある。ＦＰＳとは切っても切り離せない要素で、バグは積極的に修正されるが、多少の漏れはご愛嬌《あいきょう》、らしい。

ところが、それで満足しなかったのが《ガンフィールド》というゲーム。

《ガンフィールド》は、壁の表だけでなく裏にも当たり判定を設《もう》けることで、運営が把握していない壁抜きにも未然に対応してのけた。

――壁抜けさせないＦＰＳ。

これが《ガンフィールド》の謳《うた》い文句《もんく》であった。

上位チャット：だから、角抜けの存在は認知されてたけど、修正の必要がないから放置されてた
上位チャット：ちょっと重いが、変な貫通がまるでない優秀な仕様
上位チャット：まあ、そのせいで銃弾を木の葉っぱで防げるんだけど
上位チャット：街中も布がやたら少なくて角張った印象あるよなｗ

「お前ら、物知りだな」

上位チャット：照れるわ
上位チャット：それほどでもあるかな
上位チャット：知らなかったけど知ってたことにするわ

「エルフについては知らなかったな」

上位チャット：エルフの原典が神話だってことすら知らなかった
上位チャット：ファンタジー小説から生《は》えてきたものとばかり
上位チャット：知らなかったけど知ってたことにするわ
上位チャット：それで、どうやって攻めるつもり？

「正面から行く。小細工はしないぞ」

上位チャット：勇ましい！
上位チャット：格好いい！
上位チャット：これまで小細工したことありましたか？

上位チャット：ちゃんと頭使った？　ハンカチ持った？　ちり紙は？
上位チャット：チャット欄の温度差で風邪引いた

「というか、他に突入ルートあるの？」

上位チャット：ない
上位チャット：結構でかい倉庫なんだけどな

個人用の飛行機を格納する倉庫という設定らしく、周囲には滑走路も敷《し》かれている。
上位チャット：でも、滑走路のせいでひらけてるから、待ち伏せには使えないって評価だった

『そうよ！　あたしという最強の弓使いが現れるまではね！』

「キリシたん、ずっとこっちの配信見てたのか？」

『もちろんよ』

「そんなに暇だったのか」

『あんたの！　突入タイミングを！　計らないといけないでしょうがっ！』

上位チャット：草
上位チャット：また漫才してる
上位チャット：キリシたん、せっかく大見得切ったのにw
上位チャット：※別にキリシたんはキレ芸で売っていません

「でも、キリシたんが見るべきものは、それじゃないと思うぞ」

『……何よ、さっきから意味深に。あたしの集中を乱そうったってそうは行かないわよ！』

「ん。話はあとでいい。——いざ、尋常に勝負！」

上位チャット：走った！
上位チャット：走った走った！
上位チャット：行け行け行け！
上位チャット：突っ込めぇえええええええええええ
上位チャット：キリシたんが息止めた！
上位チャット：来るぞ……！
上位チャット：エルフさんも息止めた？
上位チャット：なんで？
上位チャット：なんで？

上位チャット：なんで？

『……シッ！』

キリシたんの必殺の一射が、地下室の天井《てんじょう》の角に吸い込まれる。

壁を抜けてキリシたんの配信画面でも見えなくなった矢は、コンマ一秒にも満たない時間ののち、果たして狙い通りに倉庫入り口の地面の角を——突破した。

「うりゃ」

その軌跡目掛けて、俺も矢を放った。

上位チャット：は？

秒速四〇メートルを超える矢同士がすれ違う。地面の角を抜け、地下室の天井の角を抜けて、キリシたんの配信画面上に現れ――そのまま飛び込んだ。

『――っ⁉』

上位チャット：えええええええええええええええええええ
上位チャット：はあああああああああああああああ
上位チャット：嘘《うそ》ぉ！
上位チャット：射返した⁉

一瞬の攻防、その結果は、
プレイヤーネーム『ブラン・リーレッフィ』が死亡しました。
プレイヤーネーム『キリシたん@弓最高』が死亡しました。
両者ヘッドショットでの相討ちだった。

◇◆◇

『あーあ、負けちゃったわ』

キリシたんのアバターが腕を投げ出して、後ろに少々傾《かし》いだ。おそらく、イスにもたれかかったのだろう。

「別にキリシたんは負けちゃいないだろ。俺は避《よ》けられなかったぞ」

『あんた……あれ、避けるつもりだったの？』

「当然」

上位チャット：いや、それはおかしいから
上位チャット：当然……当然ってなんだっけ？
上位チャット：射られた矢を見てから同じ軌道に撃ち返した上で避けるつもりだったってこと？
上位チャット：こいつ人間じゃねえ！　エルフだ！
上位チャット：エル……おい、全部言うな

『呆《あき》れた。……でも、やられたのが、そういうあんたでよかったかもしれないわ』

「なんで？」

『……あたし、この技、大会で使うつもりだったのよ』

「大会？」

『公式大会。並み居る強豪を弓でばったばったと薙《な》ぎ倒《たお》して、あたしが優勝するの。《ガンフィールド》の歴史に弓とあたしの名前を刻み込んでやろうと思ってたわ』

上位チャット：可能だと思う？
上位チャット：キリシたんが一発も外さなければ……
上位チャット：厳しくない？
上位チャット：可能性がなくはないけど、限りなく成功率は低い
上位チャット：それに、思いつけば銃でも真似《まね》できるし、やる人が増えるなら運営はバグ修正するはず
上位チャット：どっちにしても、もうキリシたんが大会で活躍できる目はないと思う

『手厳しいわね。あたしもそう思うけど』

くすっ、とキリシたんは穏やかに笑った。

『あーあ、失敗した。エルフに弓でボロ負けしても、ここは、ぐっと我慢して大会まで隠すべきだったのになぁ』

残念そうでもなく、ホッとしたように呟《つぶや》く。

『でも、大会に出る強豪の誰よりもこのエルフの方が強い。足りないところはあっても、大会までには技もルールも覚えられる。……あたしじゃなくても、弓の強さを知らしめられる』

キリシたんのアバターが居住まいを正して、しっかりと前を向いた。
『あとのこと、頼んでいいかしら？　あたしが引退したあとのことを』

「ダメだぞ。俺は瓶底《びんぞこ》メガネにするので忙しいんだ」

上位チャット：エルフさんｗｗｗ
上位チャット：このエルフｗ
上位チャット：これはひどい

『え？　は？　瓶底？』

上位チャット：このエルフさん、夏休み中に瓶底メガネになるまでゲームするって張り切ってるんです
上位チャット：意味わからないだろ？　俺らもわからないんだぜ

『ちょ、ちょっと待って⁉　瓶底メガネになるまでゲームするってどういうこと⁉　なんで⁉』

「何を思い詰めてるか知らないけど、キリシたんが見るべきものはそれじゃないぞ」

『いや、こんな意味のわからないこと言われたら疑問にも思……何してるの？』

「カメラを動かしてるだけだ。キリシたんが見るべきなのは、これだ」

　カメラを向ける先は、俺のパソコンのモニタ。そこに映る——キリシたん側の配信画面だ。

上位チャット：やめないで！
上位チャット：弓が見たいんじゃない、キリシたんが見たいんだよ！
上位チャット：キリシたんを応援させて！
上位チャット：弓はやめてもいい、キリシたんは続けて！
上位チャット：俺たちは皆、キリシたんが好きなんだ！

『――っ⁉』

何十も何百も、あるいは何千も続くチャットたち。そこには、俺が初戦を取ったあともキリシたんの勝利を疑わずに応援を続けた様子が、試合終了後の引退発言の撤回を求める声が、しっかりと残っていた。

「よく見ろ。弓使うのがうまいだけのエルフを求めてるやつがいるか？」

『……いない』

「なら、誰を求めてる？」

『あ、あたし……』

「俺の配信画面なんか見ててもしかたないだろ。キリシたんの仲間がいるのはそっちだ」

『あ、たし……あたし……っ！　ぐすっ……ゆ、弓でも負けたら……今度こそ、誰も応援してくれないって……！』

「そんなこと言ったやつはひとりもいなかったぞ」

上位チャット：あ、やっぱり、試合中もチャット全部見てたんだ

上位チャット：こいつエルフだ！

上位チャット：エル……おい！

上位チャット
やめないで！
弓が見たいんじゃない、キリシたんが見たいんだよ！
キリシたんを応援させて！
弓はやめてもいい、キリシたんは続けて！
俺たちは皆、キリシた
が好きなんだ！

「ほら、俺のチャットは俺しか見てないぞ。キリシたんのチャットよりもこれが欲しいのか？　違うだろ」

上位チャット：照れるわ
上位チャット：それほどでもあるかな
上位チャット：知らなかったけど知ってたことにするわ
上位チャット：何をだよｗ

『あはは……』

キリシたんは、腕で目元をぐしぐしと乱暴に擦《こす》って、顔を上げ、

『エルフ』

「なんだ？」

『また、遊びましょ』

「おう」

アバター越しなのがもったいないくらいの笑顔を見せてくれた。

「じゃ、またな」

上位チャット：あ

上位チャット：ちょ

——この配信は終了しました——

上位チャット：だから、切り方ァ！
上位チャット：ちょっとダイレクトメッセージで文句言ってくる！
上位チャット：行け！　いや、俺も行く！

12．掲示板の視聴者たち

女性配信者総合スレッド

301　名前：名無しの視聴者さん［sage］投稿日：202X/07/23(金) 00:51
おお、もうこんな時間か

302　名前：名無しの視聴者さん［sage］投稿日：202X/07/23(金) 00:54
うわ、もう日付変わってるじゃん
すっかり見入ってた

303　名前：名無しの視聴者さん［sage］投稿日：202X/07/23(金) 00:55
キリシたん、よかったな……

304　名前：名無しの視聴者さん［sage］投稿日：202X/07/23(金) 00:57
エルフ無双を見に行ったら、いつの間にかキリシたんと子羊の思い出配信を見ていた件について

305　名前：名無しの視聴者さん［sage］投稿日：202X/07/23(金) 00:58
ずっと語ってたよな
このときこんなコメントが心に残った
あのときあんなチャットで笑った
そのときそんなレスで嬉《うれ》しかった……って

306　名前：名無しの視聴者さん［sage］投稿日：202X/07/23(金) 01:00
ワイ、子羊
こんなに大事に思ってもらえてたんだと目頭《めがしら》が熱くなる

307　名前：名無しの視聴者さん［sage］投稿日：202X/07/23(金) 01:03
それ本当に思った
キリシたん推しててよかった

308　名前：名無しの視聴者さん［sage］投稿日：202X/07/23(金) 01:05
ここのところ、ピリピリしてて可哀想《かわいそう》だったから、なおのこと

309　名前：名無しの視聴者さん［sage］投稿日：202X/07/23(金) 01:09

キリシたんってキレてる印象しかなかったけど、優しい子じゃないか

310　名前：名無しの視聴者さん[sage]　投稿日：202X/07/23(金)　01:11
おわかりになりましたか

311　名前：名無しの視聴者さん[sage]　投稿日：202X/07/23(金)　01:12
お目が高い

312　名前：名無しの視聴者さん[sage]　投稿日：202X/07/23(金)　01:13
凄《すご》い頑張ってる子なんだよ

313　名前：名無しの視聴者さん[sage]　投稿日：202X/07/23(金)　01:13
言葉はキツいけど、他人に向かうことはありません

314　名前：名無しの視聴者さん[sage]　投稿日：202X/07/23(金)　01:15
新手のツンデレ

315　名前：名無しの視聴者さん[sage]　投稿日：202X/07/23(金)　01:17

今日も誰かが言ってたけど、穏やかな気持ちになれる子です

316 名前：名無しの視聴者さん［sage］投稿日：202X/07/23(金) 01:23
一日でえらいレス伸びてるけど、今日って何かあったっけ？

317 名前：名無しの視聴者さん［sage］投稿日：202X/07/23(金) 01:29
エルフ襲来

318 名前：名無しの視聴者さん［sage］投稿日：202X/07/23(金) 01:30
エルフ

319 名前：名無しの視聴者さん［sage］投稿日：202X/07/23(金) 01:30
まあ、エルフ

320 名前：名無しの視聴者さん［sage］投稿日：202X/07/23(金) 01:31
エルフさんが来た

321 名前：名無しの視聴者さん［sage］投稿日：202X/07/23(金) 01:39

……エルフって何？
キリシたんじゃないの？

322　名前：名無しの視聴者さん[sage]　投稿日：202X/07/23(金)　01:46
キリシたんがエルフに殴り込みに行ったらボコボコに負けて救われた

323　名前：名無しの視聴者さん[sage]　投稿日：202X/07/23(金)　01:49
いや、勝ったじゃん

324　名前：名無しの視聴者さん[sage]　投稿日：202X/07/23(金)　01:51
試合に勝って勝負に負けた

325　名前：名無しの視聴者さん[sage]　投稿日：202X/07/23(金)　01:58
あれはプレイヤー子羊のファインプレー
指示された時間稼《じかんかせ》ぎにこだわらず、エルフチームの残り二人を倒してたおかげ

326　名前：名無しの視聴者さん[sage]　投稿日：202X/07/23(金)　02:04
相討ちでキリシたんの負けかと思ったら、キリシたんの勝利メッセージ表示されてびっくりした

よ

あれって結局どういうことだったの？

327　名前：名無しの視聴者さん［sage］投稿日：202X/07/23(金) 02:05

両チームが他メンバーいなかったから、先に射られたエルフさんチームが負けになったんだよ

エルフさんとその仲間がキリシたんの仲間が守る倉庫周辺の陣地に突撃

↓エルフさんの仲間全滅

↓キリシたんの仲間全滅

↓エルフさんだけ倉庫到着

↓撃ち合いでエルフさん死亡

↓コンマ以下の差でキリシたんに命中するけど、すでに勝利確定

328　名前：名無しの視聴者さん［sage］投稿日：202X/07/23(金) 02:07

そういうことだったのか

329　名前：名無しの視聴者さん［sage］投稿日：202X/07/23(金) 02:13

待って、もうちょっと前から整理して

330　名前：名無しの視聴者さん[sage]　投稿日：202X/07/23(金)　02:19
新人配信者のＴＳエルフ姫がやってきてガンフィールドで弓無双したら

331　名前：名無しの視聴者さん[sage]　投稿日：202X/07/23(金)　02:23
元祖弓専配信者のキリシたんが弓使い最強の座を懸けて勝負を挑んできて

332　名前：名無しの視聴者さん[sage]　投稿日：202X/07/23(金)　02:25
なんか、こじれてたキリシたんを救った

333　名前：名無しの視聴者さん[sage]　投稿日：202X/07/23(金)　02:30
情報量が多すぎる

334　名前：名無しの視聴者さん[sage]　投稿日：202X/07/23(金)　02:40
まず、ＴＳエルフ姫って誰？
正式名は？

335　名前：名無しの視聴者さん[sage]　投稿日：202X/07/23(金)　02:43

エルフさんはエルフさんだろ

336　名前：名無しの視聴者さん［sage］投稿日：202X/07/23(金) 02:45
なんだっけ？
ブラン・リーレッフィ？

337　名前：名無しの視聴者さん［sage］投稿日：202X/07/23(金) 02:46
ブラン・リーレッフィってプレイヤー名だったな

338　名前：名無しの視聴者さん［sage］投稿日：202X/07/23(金) 02:50
いや、それは体の名前って設定

339　名前：名無しの視聴者さん［sage］投稿日：202X/07/23(金) 02:58
中身は？

340　名前：名無しの視聴者さん［sage］投稿日：202X/07/23(金) 03:04
知らない

341　名前：名無しの視聴者さん［sage］投稿日：202X/07/23(金) 03:05
多分、言ってない

342　名前：名無しの視聴者さん［sage］投稿日：202X/07/23(金) 03:11
まあ、聞いてもゴツい男性名出てきそうだよな
権三郎《ごんざぶろう》とか武者郎とか

343　名前：名無しの視聴者さん［sage］投稿日：202X/07/23(金) 03:15
エルフさんは推せるけど、権三郎を推す自信はないな……

344　名前：名無しの視聴者さん［sage］投稿日：202X/07/23(金) 03:20
暑苦しい名前はちょっと……

345　名前：名無しの視聴者さん［sage］投稿日：202X/07/23(金) 03:23
2・5Dの焔村炎太郎《ほむらえんたろう》、涙目w

346　名前：名無しの視聴者さん［sage］投稿日：202X/07/23(金) 03:29
名前名乗ってないの？

個人勢のV？

347　名前：名無しの視聴者さん[sage]　投稿日：202X/07/23(金)　03:34
エルフさんは個人でやってるけど、ヴァーチャルではないよ

348　名前：名無しの視聴者さん[sage]　投稿日：202X/07/23(金)　03:35
カメラ使って顔出し生配信してた

349　名前：名無しの視聴者さん[sage]　投稿日：202X/07/23(金)　03:40
耳と髪動くけどな

350　名前：名無しの視聴者さん[sage]　投稿日：202X/07/23(金)　03:47
耳はわかるけど髪動くって何？

351　名前：名無しの視聴者さん[sage]　投稿日：202X/07/23(金)　03:51
この話題、何回目だw

352　名前：名無しの視聴者さん[sage]　投稿日：202X/07/23(金)　03:55

細かいことは気にするな

353　名前：名無しの視聴者さん［sage］投稿日：202X/07/23(金) 04:00
そうそう、出された設定は鵜呑《うの》みにするのがこの業界の掟《おきて》

354　名前：名無しの視聴者さん［sage］投稿日：202X/07/23(金) 04:03
ただ、めっちゃリアルだったよね

355　名前：名無しの視聴者さん［sage］投稿日：202X/07/23(金) 04:07
それは確かに

356　名前：名無しの視聴者さん［sage］投稿日：202X/07/23(金) 04:14
耳も髪も生え際《はえぎわ》を拡大しても継ぎ目や地の色がまったく見えないし動きも自然
動く意味はわからないが

357　名前：名無しの視聴者さん［sage］投稿日：202X/07/23(金) 04:18
あと、あんな、ダボダボシャツでいるのに本当に一切《いっさい》頓着しない

358　名前：名無しの視聴者さん［sage］投稿日：202X/07/23（金）04:23
ラーメン味噌汁《みそしる》もそうだな
中身が男って設定を信じそうになった

359　名前：名無しの視聴者さん［sage］投稿日：202X/07/23（金）04:24
出された設定を鵜呑みにしろ

360　名前：名無しの視聴者さん［sage］投稿日：202X/07/23（金）04:30
耳、髪、元男はともかく、西洋系なのは確か

361　名前：名無しの視聴者さん［sage］投稿日：202X/07/23（金）04:38
顔立ちは誤魔化そうとして誤魔化せるもんじゃないしな

362　名前：名無しの視聴者さん［sage］投稿日：202X/07/23（金）04:45
エルフが北欧神話なんかの生まれだって聞くと、白人系じゃない日本人エルフ配信者はちょっと
アレだな

363　名前：名無しの視聴者さん［sage］投稿日：202X/07/23（金）04:50

アレって言ってやるなｗ

364 名前：名無しの視聴者さん［sage］ 投稿日：202X/07/23(金) 04:53

日本の常識ない感じ

365 名前：名無しの視聴者さん［sage］ 投稿日：202X/07/23(金) 04:58

日本だけに留《とど》まらない常識のなさだったぞ

366 名前：名無しの視聴者さん［sage］ 投稿日：202X/07/23(金) 05:05

常識がないっていうか

「常識？　存在は知っている。それがどうかしたのかね？」って感じ

367 名前：名無しの視聴者さん［sage］ 投稿日：202X/07/23(金) 05:10

ああうん、そんな感じそんな感じ

368 名前：名無しの視聴者さん［sage］ 投稿日：202X/07/23(金) 05:14

つよい

369　名前：名無しの視聴者さん[sage]　投稿日：202X/07/23（金）05:22
　結局、何者なんだ？

370　名前：名無しの視聴者さん[sage]　投稿日：202X/07/23（金）05:23
　エルフ

371　名前：名無しの視聴者さん[sage]　投稿日：202X/07/23（金）05:23
　エルフ

372　名前：名無しの視聴者さん[sage]　投稿日：202X/07/23（金）05:25
　エルフさんは、要するにエルフ

373　名前：名無しの視聴者さん[sage]　投稿日：202X/07/23（金）05:30
【悲報】何も情報が増えない【相変わらず謎生物】

374　名前：名無しの視聴者さん[sage]　投稿日：202X/07/23（金）05:39
　癖が強すぎて、例えるのが難しいんだよ！

375　名前：名無しの視聴者さん[sage] 投稿日：202X/07/23(金) 05:50
最近のおとなしい新人ばかりの中で燦然《さんぜん》と輝くエルフさん

376　名前：名無しの視聴者さん[sage] 投稿日：202X/07/23(金) 05:57
まあ、アーカイブ見れ
動画で見なけりゃエルフさんは理解できないし、動画で見てもエルフさんは理解できない

377　名前：名無しの視聴者さん[sage] 投稿日：202X/07/23(金) 06:07
だが、そこがいい

378　名前：名無しの視聴者さん[sage] 投稿日：202X/07/23(金) 06:21
おい、お前ら大変だ！！！！！！！

379　名前：名無しの視聴者さん[sage] 投稿日：202X/07/23(金) 06:23
どうした？
今、俺はいい気分だからな、何でもじっくり聞いてやるぞ

380　名前：名無しの視聴者さん[sage] 投稿日：202X/07/23(金) 06:24

まあ、落ち着けよ
何があったかゆっくり話すといい

381　名前：名無しの視聴者さん［sage］投稿日：202X/07/23(金) 06:25
エルフさんがこれから配信始めるって！！！！！！！！！！

382　名前：名無しの視聴者さん［sage］投稿日：202X/07/23(金) 06:25
早く言えバカヤロウ！

383　名前：名無しの視聴者さん［sage］投稿日：202X/07/23(金) 06:25
無駄なレス使ってんじゃねえ！

384　名前：名無しの視聴者さん［sage］投稿日：202X/07/23(金) 06:27
この手のひら返しである

385　名前：名無しの視聴者さん［sage］投稿日：202X/07/23(金) 06:28
あの、私、これから出社なんですが……？

386　名前：名無しの視聴者さん［sage］投稿日：202X/07/23(金) 06:29
祝日ないリーマンおりゅ？

387　名前：名無しの視聴者さん［sage］投稿日：202X/07/23(金) 06:30
がぁあああ！

388　名前：名無しの視聴者さん［sage］投稿日：202X/07/23(金) 06:31
その攻撃は昨日も出社した俺に効く

389　名前：名無しの視聴者さん［sage］投稿日：202X/07/23(金) 06:33
世間は四連休だ夏休みだって騒いでるのに、なんで、僕は会社に行かなきゃならないんですか？

390　名前：名無しの視聴者さん［sage］投稿日：202X/07/23(金) 06:34
相変わらずのダボシャツ
ズボンもゆるゆるなのを、ベルトで無理矢理締めてるの、いい……

391　名前：名無しの視聴者さん［sage］投稿日：202X/07/23(金) 06:35
昨日は上半身ばっかり映ってたから気付かなかったけど、スタイルめちゃくちゃいいな

腰ほっそ
大丈夫？　内臓入ってる？

392　名前：名無しの視聴者さん［sage］投稿日：202X/07/23(金) 06:37
端的に申し上げてよろしいでしょうか？　えっちい

393　名前：名無しの視聴者さん［sage］投稿日：202X/07/23(金) 06:38
気のせいじゃなければ、胸の方、何も下に着けてないように見えるのですが

394　名前：名無しの視聴者さん［sage］投稿日：202X/07/23(金) 06:39
……これ、ＢＡＮされない？

395　名前：名無しの視聴者さん［sage］投稿日：202X/07/23(金) 06:40
ギリギリセーフ？

396　名前：名無しの視聴者さん［sage］投稿日：202X/07/23(金) 06:41
何してんのよ、あいつは！！！！！！！！！！！！！！！！
止めてくるから、あんたらは配信閉じなさい！

397　名前：名無しの視聴者さん［sage］投稿日：202X/07/23（金）06:42
今のって

398　名前：名無しの視聴者さん［sage］投稿日：202X/07/23（金）06:43
いや、まさか

399　名前：名無しの視聴者さん［sage］投稿日：202X/07/23（金）06:46
俺の直感が、これは絶対に面白くなるから閉じるなと言ってくる
どうやら、俺の信仰が試される瞬間が来てしまったようだ

400　名前：名無しの視聴者さん［sage］投稿日：202X/07/23（金）06:47
おお、キリシたん
私はどうすればいいのですか？

401　名前：名無しの視聴者さん［sage］投稿日：202X/07/23（金）06:48
迷える子羊たち

402　名前：名無しの視聴者さん［sage］投稿日：202X/07/23（金）06:50
もっと違うもので迷えw

403　名前：名無しの視聴者さん［sage］投稿日：202X/07/23（金）06:51
ところで、ここどこ？

404　名前：名無しの視聴者さん［sage］投稿日：202X/07/23（金）06:52
河川敷《かせんしき》？

405　名前：名無しの視聴者さん［sage］投稿日：202X/07/23（金）06:52
止めてくるって言ってたけど、場所わかる？

406　名前：名無しの視聴者さん［sage］投稿日：202X/07/23（金）06:53
ちょっとヒントが足りない
橋の銘板でもあれば一発なんだけど

407　名前：名無しの視聴者さん［sage］投稿日：202X/07/23（金）06:54
……魔法実験？

え、マジでやるの？

408 名前：名無しの視聴者さん[sage] 投稿日：202X/07/23(金) 06:54

何、見せてくれるんだろ

409 名前：名無しの視聴者さん[sage] 投稿日：202X/07/23(金) 06:55

エルフと魔法の関係からかよｗ

410 名前：名無しの視聴者さん[sage] 投稿日：202X/07/23(金) 06:55

知らんのかーい！

411 名前：名無しの視聴者さん[sage] 投稿日：202X/07/23(金) 06:56

ヒェ

412 名前：名無しの視聴者さん[sage] 投稿日：202X/07/23(金) 06:56

ライダーが来た件について

413 名前：名無しの視聴者さん[sage] 投稿日：202X/07/23(金) 06:56

お面ライダー！

414　名前：名無しの視聴者さん［sage］投稿日：202X/07/23（金）06:57
誰がうまいこと言えと

415　名前：名無しの視聴者さん［sage］投稿日：202X/07/23（金）06:57
キリシたんだぁああああ

416　名前：名無しの視聴者さん［sage］投稿日：202X/07/23（金）06:58
思ったよりちっちゃい

417　名前：名無しの視聴者さん［sage］投稿日：202X/07/23（金）06:59
可愛《かわい》い、妹にしたい！

418　名前：名無しの視聴者さん［sage］投稿日：202X/07/23（金）07:00
すみません、パトカー一丁

419　名前：名無しの視聴者さん［sage］投稿日：202X/07/23（金）07:00

私は女だ！

420　名前：名無しの視聴者さん[sage]　投稿日：202X/07/23(金)　07:01

あ、ごめん

……いや、そういう問題か？

421　名前：名無しの視聴者さん[sage]　投稿日：202X/07/23(金)　07:01

あああああ

422　名前：名無しの視聴者さん[sage]　投稿日：202X/07/23(金)　07:02

ダボシャツが隠されてしまった……

423　名前：名無しの視聴者さん[sage]　投稿日：202X/07/23(金)　07:02

キリシたんに慈悲はないのか！

424　名前：名無しの視聴者さん[sage]　投稿日：202X/07/23(金)　07:04

中の人って言うなｗｗｗ

425　名前：名無しの視聴者さん[sage]　投稿日：202X/07/23(金)　07:04
エルフさんw

426　名前：名無しの視聴者さん[sage]　投稿日：202X/07/23(金)　07:05
終わった

427　名前：名無しの視聴者さん[sage]　投稿日：202X/07/23(金)　07:06
ちょうおもしろかったw

428　名前：名無しの視聴者さん[sage]　投稿日：202X/07/23(金)　07:07
おなか、いたい、わらいじぬ

429　名前：名無しの視聴者さん[sage]　投稿日：202X/07/23(金)　07:10
え、え、え?
俺がトイレにこもってた三十分の間に何があったの？

430　名前：名無しの視聴者さん[sage]　投稿日：202X/07/23(金)　07:15
エルフさん、規約的にギリギリな服かつ外で突発配信

お面ライダーキリシたん到着
「○○○ってどうやって洗うの？」
キリシたんチョップ
強制終了

431 名前：名無しの視聴者さん［sage］ 投稿日：202X/07/23(金) 07:19
やべぇ、何があったかわからないけど、俺が見逃しちゃいけないものを見逃したのはわかった

432 名前：名無しの視聴者さん［sage］ 投稿日：202X/07/23(金) 07:22
アーカイブは⁉ アーカイブはないの⁉

433 名前：名無しの視聴者さん［sage］ 投稿日：202X/07/23(金) 07:25
キリシたんが残すこと許可するわけないんだよなぁ

434 名前：名無しの視聴者さん［sage］ 投稿日：202X/07/23(金) 07:29
だ、誰か、アップロードしてくれる紳士は……？

435 名前：名無しの視聴者さん［sage］ 投稿日：202X/07/23(金) 07:31

諦めろ

436　名前：名無しの視聴者さん［sage］投稿日：202X/07/23（金）07:34
子羊は信仰上の理由で見てないことになってるからアップロードなんてできるはずもないです

……

437　名前：名無しの視聴者さん［sage］投稿日：202X/07/23（金）07:37
ああああああああああ

438　名前：名無しの視聴者さん［sage］投稿日：202X/07/23（金）07:40
もう見逃さないようにチャンネル登録する……チャンネル名なんだっけ？

439　名前：名無しの視聴者さん［sage］投稿日：202X/07/23（金）07:43
えーっと、なんだっけ？

440　名前：名無しの視聴者さん［sage］投稿日：202X/07/23（金）07:45
『TSエルフ姫ちゃんねる』だよ

【2】お外でもエルフさん

13. お外でエルフさん

「エルフに自信ニキいる？」

上位チャット：第一声がこれである
上位チャット：初手、名指しw
上位チャット：配信を電話か何かと勘違いしてませんかね？

「お前ら、エルフ知らないし」

上位チャット：はい
上位チャット：知りません
上位チャット：神話と民間伝承を題材にした小説から生まれたＴＲＰＧ群から生まれた海外の初期コンピュータＲＰＧから生まれた日本製ＲＰＧから生まれた雑多なファンタジー作品から作られたのが俺らのエルフ像だもんな
上位チャット：なげえ！

上位チャット：伝言ゲームだよなぁ、そりゃ原形わからんわ
上位チャット：それはそうと、ここどこ？

「ひとけのないとこ」
場所は近所の河川敷《かせんしき》。長く続く歩道が整備されていて、ランニングをするにもいい塩梅《あんばい》だった。
祝日の朝ということもあってかここまですれ違う人もいなかったので、俺は遠慮なくカメラを三脚に載せてノートパソコンに繋《つな》いで配信を開始したというわけだ。

上位チャット：ひとけのないところに俺を連れてきて、いったいどうするつもりなの⁉
上位チャット：突如、俺に襲い掛かる貞操の危機！
上位チャット：すまねぇ、俺ちょっと大人になってくるわ
上位チャット：マジでひとけねぇな
上位チャット：……ってあの、エルフさん、その格好は？

「昨日と同じだぞ」
昨晩《ゆうべ》の配信中と同じシャツにハーフパンツ。サイズが変わりすぎてハーフパンツも落ちてくるからシャツごとベルトで縛ったが、違いと言えばそれくらいだ。

上位チャット：いろいろ強調されてる
上位チャット：でっか
上位チャット：いや、腰ほっそ
上位チャット：昨日は座ってたから気付かなかったけど、こんな格好してたのか
上位チャット：だからって、それで外出するなw
上位チャット：で、今日は何をやるんだ？

「魔法実験する」

上位チャット：マジ？
上位チャット：できるの？
上位チャット：ネタじゃなくて？

「エルフなら魔法使うべきだろ？」

上位チャット：まあ、そうだが
上位チャット：人外配信主は珍しくもなんともないけど、本当に証明する人はいないから
上位チャット：どんな魔法が使えるの？

「知らないぞ」

上位チャット：おいｗ
上位チャット：この流れ、昨日も見たぞｗ

「一般人がエルフの魔法の使い方なんて知ってるわけないだろ？」

上位チャット：はい
上位チャット：言われてみれば
上位チャット：俺も知らないわ、魔法使いなのに
上位チャット：俺も
上位チャット：お前ら……俺もだけど
上位チャット：モニタ越しに悲哀を感じる（俺は彼女います）
上位チャット：貴様も同じになれ！
上位チャット：モニタ越しに呪詛《じゅそ》も感じる（俺は彼女いまぁす）
上位チャット：がぁあああ

「だから、エルフに自信ニキから魔法の使い方を教わろうと思った」

上位チャット：ああ、それでエルフに自信ニキを呼ぼうとしたのか
上位チャット：エルフの姫に召喚されるエルフに自信ニキ
上位チャット：異世界転移モノかな？
上位チャット：ネット越しに配信でエルフの姫（体）に召喚されるって新しいw
上位チャット：またエルフさんが知らない概念増やしてる

「エルフに自信ニキいないならどうしよう？」

上位チャット：はい！　運動がいいと思います！
上位チャット：エルフの運動能力を調べましょう！
上位チャット：縄跳びで！
上位チャット：ランニングで！
上位チャット：走り高跳びで！
上位チャット：やれやれ……お前らはわかってないな
上位チャット：な、なんだと⁉
上位チャット：道具が必要なものもカメラが追わなきゃいけないものも、エルフさんを楽しめる時

間が減るだろうが！
上位チャット：た、確かに……
上位チャット：くっ、その通りだ……
上位チャット：だ、だったら、お前は何を提案するってんだ！
上位チャット：無論、反復横跳びだ！
上位チャット：！
上位チャット：お、お前……天才か？
上位チャット：道具も要《い》らず、カメラが追う必要もなく、ついでに公式記録がちゃんとある運動……か、完璧だ！

「なんか、チャット速い？」

上位チャット：気のせい
上位チャット：気のせい
上位チャット：気のせい
上位チャット：絶対気のせい

「そうか。じゃあ、反復横跳びやるか――」

「ええええええエルフぅうううううううううううううううううううううううううう！」

「んぅ？」

上位チャット：可愛《かわい》い

自転車が飛んだ。

いや、違う。自転車が凄《すご》い速度で土手を乗り越えて、宙を舞った。

自転車はそのままの勢いで河川敷の道路に着地すると、ドリフト気味に車体を滑《すべ》らせながら俺の前に停車した。

「あんたは服を着ろぉおおおおおおお！」

叫んで自転車を降りたその人物は――お祭りで売ってるようなライダーのお面をしていた。


「お面ライダー」

上位チャット：吹いた
上位チャット：無駄に語感がいいｗ
上位チャット：またエルフさんが知らない概念増やしてる

14. 消せない記憶

「あんたは服を着なさいっ！」

「着てるぞ?」

「それは着てるって言わないのよ！　ほら、これ着る！」

「ぶっ」

上位チャット：着てない呼ばわりは草
上位チャット：出歩いていい格好かって言われるとね
上位チャット：残念なようなホッとしたような
上位チャット：お前ら、さっきまで全力で遊ぶ気だったのにw
上位チャット：それはそれ

重ね着させられてしまったシャツを調整する。うーん。一枚増えた分、暑いな。

「あんたの国がどうか知らないけど、性的配信は一発BANもあるのよ。気を付けなさい」

「そのお面、何?」

上位チャット：疑問はそれでいいのか？
上位チャット：このエルフ、無敵か？

「Vが顔出ししたらダメだからに決まってるでしょうが」

上位チャット：いやまあそうなんだけど
上位チャット：顔さえ出さなければいいのだろうか？
上位チャット：う、うーん……判断に困る

昨日の今日で声を聞き間違うことはない。
お面ライダー、キリシたん。現実の彼女は、修道服に身を包んだ金髪碧眼《へきがん》のアバターとは異なり、夏らしい涼しげなブラウスに膝上《ひざうえ》までのスカートをまとって黒のサイドテールを揺らす小柄な少女だった。

上位チャット：意外とちっちゃい
上位チャット：前世ありなのに意外と若い
上位チャット：学生か？　大学、いや、高校？　中学ってことはないだろうけど
上位チャット：はいはい、そういうのは言わないお約束だろ

「中の人のこと言っちゃダメなの？」
上位チャット：中の人言うなｗ
上位チャット：このエルフ、無敵か？
「……あんた、もしかして、あの距離のパソコン画面見て話してるわけ？」
「ん」
「ええぇ……ここまで寄ってもまだ読めないわよ？」
上位チャット：迫　り　く　る　、　お　面　ラ　イ　ダ　ー
上位チャット：やめてｗ
上位チャット：草
上位チャット：実際、どうやってんのかな？
上位チャット：エルフ耳の中にチャット欄読み上げるイヤホンを仕込んでるとか？
上位チャット：即座に反応してるから、それはないな
「なんで、中の人のこと言っちゃダメなんだ？」

「夢がないでしょ」

「夢？」

「そう、夢よ」

パソコンの画面を見ていたキリシたんがこちらに振り返る。

「俳優もアイドルも人間なの。だから、画面の外では、ご飯も食べればトイレにも行く。つまらないジョークも言えば怒ってケンカもする。恋人もできれば結婚もする。彼ら彼女らは、いつでも格好よくはないしいつでも可愛《かわい》くはない。どこまで行っても人間であることと不可分な存在。……でも、Ｖは違う」

「ふむ？」

「あたしたちは、設定と共に生まれてきた一途《いちず》な存在。意思を持った創作の登場人物。だから、カメラが向いていないときも、そのキャラクターは視聴者の想像の中で生きている。視聴者大好きなお姫様なら王宮で傅《かしず》かれながらファンアート見て笑顔で生活しているでしょうし、遭難した宇宙人なら宇宙船を直そうと常に試行錯誤を続けている。――それは、プライベートで私人に戻る、人間ではできないことよ」

キリシたんは人差し指を立てて、優しい声で教えてくれた。

「ゆえに、中の人なんていないの。わかった？」

「ん」

なるほど、それは確かに夢だ。壊すべきではない幻想だ。

上位チャット：見るなって言われてたのに見ちゃった子羊いるぅー？
上位チャット：心が、心が痛い！
上位チャット：信仰に従うべきだったぁああああ！
上位チャット：あああああ、この数十分の記憶消し飛ばしてぇえええええ！
上位チャット：大草原不可避

「あ、そうだ。ついでに聞いていいか？」

「何？　この際だから何でも教えてあげるわよ」

「いいのか？」

「昨晩《ゆうべ》は世話になったもの。そのお礼くらいはさせてよ」

なら、遠慮なく。

「〇〇〇ってどうやって洗うの？」

キリシたんチョップが俺の脳天に直撃した。

上位チャット：エルフさんｗｗｗ
上位チャット：このエルフ、無敵か？

「一発ＢＡＮもあるって言ったでしょうが！　もう配信終わり！　解散！」

――この配信は終了しました――

上位チャット：強　制　終　了
上位チャット：しゃーないｗ
上位チャット：相変わらず、まともな配信終了ができないエルフさん
上位チャット：記憶を……記憶を……
上位チャット：信者がまだ回復できてないｗ

15. お着替えエルフ

「暇だから、なんか面白いこと言って」

上位チャット：ついに、視聴者に芸を要求し始めたぞ、このエルフ
上位チャット：とてつもねぇなw
上位チャット：おや？　服が

「キリシたんに『まともな格好するまで配信禁止』って叱《しか》られたから」
朝とは異なり、現在の俺の格好は黒のオフショルダーのワンピースだ。ところどころ、ヒラッとしたフリルが付いている。

上位チャット：可愛《かわい》い
上位チャット：ええやん
上位チャット：似合ってる
上位チャット：エルフさんが服を着てる⁉
上位チャット：まともな服、持ってるじゃん

「いや、これは今買った。ほら、値札」
上位チャット：気軽に服をめくるなw
上位チャット：胸元絞り出すより来るものがある
上位チャット：切ってもらおうよw
「服選んだ店員、ボーッとしてたから切り忘れたんだろ」

上位チャット：あー、なんか想像できる
上位チャット：見惚《みほ》れてたんだな
上位チャット：外見はSSR、中身はバグってる
上位チャット：バグw
上位チャット：そんな格好して平気なの？

「『まともな服くれ』って言って出てきたから、これがまともなんだろ？」

上位チャット：いや、男設定が

上位チャット：そうそれ

「そういえば、着替え用に同じ服五着買おうとしたら止められたけど、なんで？」

上位チャット：やべ、一瞬で取り戻してきた
上位チャット：男らしいｗ
上位チャット：男でもやらん男らしさｗ
上位チャット：ところで、ここはどこだ？
上位チャット：メニューっぽいものは見えるけど

俺は二人掛けのテーブル席にカメラとノートパソコンを置いていた。背後の壁にメニューが少し映っている。ちなみに、配信していいかは入店時に尋ねてある。

「そば屋」

上位チャット：また渋いところを
上位チャット：この日本人くささよ
上位チャット：もう昼飯の時間かぁ、俺も何か食おう
上位チャット：ああ、出てくるの待ってたから暇なのか

「ご注文の……うぉ……」
「ここにください」
「え……あ、は、はい！」
話してたらちょうどやってきた。よしよし。

上位チャット：言葉を失う店員
上位チャット：いやー、リアルでエルフさん見たら、俺も言葉失うと思うわ
上位チャット：無理もない
上位チャット：外見ＳＳＲ
上位チャット：何頼んだの？

「カツ丼」

上位チャット：おいｗ
上位チャット：草生《は》える
上位チャット：蕎麦《そば》実《みの》る
上位チャット：そば屋のカツ丼はうまいっていうけどさｗ

上位チャット：こいつ、絶対中身日本人だろｗ

「日本人だぞ」

上位チャット：本当にカツ丼だし
上位チャット：周囲の客の反応、超見てみたいｗ

「割り箸は先端を持ってゆっくり開くときれいに割れる」

上位チャット：知ってるよｗ
上位チャット：日本人の半分くらいがギリギリ知ってそうな小ネタを連続で挟んでくるエルフ
上位チャット：お味はいかが？

「うまい」

上位チャット：昨日も聞いたｗ
上位チャット：今日は店だから滅多なことは言うなよ？
上位チャット：それを踏まえてもう一言、どうぞ！

「塩分を気にせず食べられる味」

上位チャット：う、うーん
上位チャット：薄いのかぁ
上位チャット：まあ、セーフ？
上位チャット：あ
上位チャット：醤油《しょうゆ》掛けたぞｗｗｗ
上位チャット：このエルフ、マジでちゅうちょしねぇなｗ

「うまい」

上位チャット：こいつｗｗｗ
上位チャット：食レポの概念が壊れるｗ
上位チャット：職場で「フヒッ」って声漏《も》らした。人生で一番注目されてる。俺、輝いてる
上位チャット：サボリーマンがいた
上位チャット：俺は注目されてない。「フヒッ」って声漏らしたやつのおかげ。俺、潜めてる
上位チャット：サボリーマンが二人いた

16. キリシたんの素顔

上位チャット：ところで、キリシた……お面ライダーは？
上位チャット：あ、それ気になってた
上位チャット：朝の配信のあと、どうなったの？

「キリシたんに『まともな格好するまで配信禁止』って言われたところまでは話したな？」

上位チャット：聞いた
上位チャット：キリシたんって言っちゃってるw
上位チャット：聞いたけど、そこももう少し詳しく

「じゃあ、その辺りから話す」

◇◆◇

「消えた」

「消したのよ！」

キリシたんに電源ごと配信を止められてしまったノートパソコンが、ぴゅうんと鳴いてシャットダウンした。

「あんたの国はどうか知らないけど、配信で性的発言はご法度《はっと》！　覚えなさい！」

「俺、日本人だけど」

お面を取ったキリシたんは、太陽を睨《にら》んで腕で汗を拭《ぬぐ》った。

まだ朝だとはいえ、気温は二五度を超えている。そんな中で自転車を飛ばせば暑かろう。

「タオル使うか？　新品のやつあるぞ」

「いいの？　じゃあ、ありがたく借りるけど……用意するなら、まず服を用意しなさいよね」

「ない」

「どんな生活送ったら、服がなくなるのよ⁉」

「男物で足りたからな」

「まともな女物はないわけ？」

「ない。ぱんつもだぞ、ほら」

「な、何見せてんのよ！　……うわ、本当じゃないの」

頭を抱えるキリシたん。見ていて気付いたが、彼女はだいぶ若い。大人というには顔立ちが幼かった。

細い眉に、意志の強さを感じさせる吊《つ》り目がちな大きな目。化粧をした様子もないのに白い肌に、唇の朱がよく映えている。まだ美人ではないがいずれ美人になるだろう、と思わせる少女だった。

「はぁあ……あんたが役作りに全力を投じてるのはわかったけど、限度ってもんがあるのよ。まともな格好するまで配信禁止。いいわね？」

「わかった」

「いい返事ね。あたしは霧島恵《きりしまめぐみ》。よろしく」

「俺は――」

「ああ、いいわよ。カメラ回ってなくてもそこまでするんなら、本名、名乗る気ないでしょ？」

名乗りは遮《さえぎ》られてしまったので、握手だけ。

「キリシたんは家近いのか？」

「そうよ。急にあんたが見覚えのある河川敷《かせんしき》で危なっかしい配信始めたから、歯ブラシでノドを突きそうになったわ」

「心配掛けたみたいで悪いな」

「そのくらい、気にしないでいいわよ。さっきも言ったけど……あたしが《ガンフィールド》の弓で一番にならなくても、子羊はそっぽ向かないって教えてくれたこと、感謝してるから」

「そうか」

「ええ」

「よかったな」

「……ええ」

少々の静寂。ぬるい風が俺とキリシたんの間を通り抜けた。

「ねえ、エルフ」

「ん？」

「あたし、《ガンフィールド》の弓だけじゃなくても、いいらしいのよ」

「そうだな」

「だから……またコラボしない？　今度は違うゲームで。あ、でも、あたしの事務所の都合もあるからエルフのギャラが出るか――」

「いいぞ」

「……いいの？」

不安げに見上げるキリシたんの髪をくしゃっと撫《な》でる。

「俺は《ガンフィールド》じゃ負けたからな。リベンジしたいんだ」

「あはは。ありがと、嬉《うれ》しいわ」

それでキリシたんの顔から曇《くも》りは去ったようだった。

「ねえ、エルフ」

「ん？」

「もし暇なら、これからあたしと――」

ぴろりんぴろりんぴろりん

「……ごめん、エルフ。ちょっと出ていいかしら？」

◇◆◇

「ってところで、キリシたんの事務所から電話が掛かってきてな。百面相をしたのちに、『まともな格好するまで配信禁止』ってもう一度念を押して、事務所に行ったぞ」

上位チャット：デートの邪魔をされたキリシたん
上位チャット：商店が開く前の朝。服がないエルフ。ご近所のキリシたん。すべてわかりましたよ
……おうちデートの流れだったんですね！
上位チャット：まあ、昨日勝手にコラボして今日も大騒ぎしたし
上位チャット：朝一番で呼び出しが掛かってもしかたないよな
上位チャット：……あれ？　キリシたん、罰せられる流れ？
上位チャット：祈るしかない

「ひどい処分なら、俺は事務所に殴り込みに行くぞ」

上位チャット：男前だ

上位チャット：もうお面ライダーをキリシたんって言っても誰も止めないの草

17. ゲームセンターエルフ

「再開するぞー」

上位チャット：エェルフゥ！
上位チャット：挨拶もなしに切るのやめろォ！
上位チャット：でも、ＳＮＳで開始予告できるようになったのは偉ァい！

「『またな』って言ったぞ？」

上位チャット：学校帰りの友達か！
上位チャット：多少は別れを惜しませてください
上位チャット：そう、それ！

「別れを惜しめる挨拶って何すればいいの？」

上位チャット：……何だろ？

上位チャット：お決まりの挨拶をする……？　いや、違うな
上位チャット：終了より何分か前に予告する……？　ううーん……
上位チャット：このエルフ、たまに感覚的に行ってたことを言語化するよう求めるよな
上位チャット：まあ、それは置いといて、ここどこ？

「よく聞いた。今日はここで遊ぶぞ」
俺はカメラを、目の前の店の看板へと向ける。

上位チャット：ゲームセンター
上位チャット：ゲーセン？
上位チャット：店内って撮影していいの？

「許可は今取ったから大丈夫だ！」
場所はそば屋があった並び。移動距離は数分だが、配慮して配信を閉じた形だ。

上位チャット：今かよw
上位チャット：許可出した店、よくやったぞ
上位チャット：なんか、テンション高い？

上位チャット：ゲームが絡《から》むとエルフさんのテンションは上がる

「いざ、入店。頼もう！」

上位チャット：道場破りかな？
上位チャット：お、結構でかいところだ

色とりどりに輝き動く各種筐体《きょうたい》。音楽や効果音も絶え間なく流れ、俺を魅了する。クレーンゲーム、格闘ゲーム、リズムゲーム、なんだかよくわかんないゲーム、さっぱりわかんないゲーム等々が山ほど稼働していた。

「おおーぉ」

上位チャット：めっちゃ嬉《うれ》しそうじゃん
上位チャット：なかなか聞かない声聞いた
上位チャット：ゲーセンは初めてなの？

「初めて」

上位チャット：その年で初ゲーセンって珍しいな
上位チャット：お国柄？
上位チャット：やめろ、ど田舎《いなか》出身かもしれないだろ！　俺のように……
上位チャット：やーい、お前ん家《ち》、俺ん家並みのど田舎ー
上位チャット：煽《あお》り風自虐w

「ゲームセンターも禁止されてた」

上位チャット：やべ、闇だった
上位チャット：そういや、このエルフさん、教育系の闇あったんだった

「何で遊ぶ？」

上位チャット：レースゲー
上位チャット：クレーンゲームをはしごしよう
上位チャット：競馬
上位チャット：バトルレースチャンプやろうぜ、面白いぞ
上位チャット：リズム

上位チャット：古典パズル系

「バラバラだな」

上位チャット：思ったより割れた
上位チャット：レースゲームがちょっと多いくらい？
上位チャット：いろいろ摘《つま》み食《ぐ》いしてみたら？

「じゃあ、一時間くらいいろいろ遊んでみて、最後にレースゲームやる」

上位チャット：では、一番近くにあるクレーンゲームから
上位チャット：お前、クレーン推してたやつだろw
上位チャット：何のことかワカラナイナー

ゲームセンターの入り口にはクレーンゲームが並んでいる。中にはクレーンがないものもあるが、景品らしきものが鎮座しているので、クレーンゲームの亜種なのだろう。

「クレーンゲーム、初めてだけど、どれがいい？」

上位チャット：だったら、箱入りフィギュアなんかは避けるべき
上位チャット：景品の価値が低いやつがいいよ
上位チャット：最初は小さめのお菓子が景品になってるようなのを選ぶのが正解

「なら、これか」

俺が選んだ筐体は、他のクレーンゲームと比べてずいぶんと小型なものだった。比例して、クレーン部分も小さく、頼りなさげだった。

「よし、一〇〇円投入」

上位チャット：いけー

説明に従ってボタンを押すと、軽快な音楽と共に、うぃんうぃんと揺れながらクレーンが横へ進む。

程よいところでクレーンを止めて、カメラはそのまま、俺は筐体の横手に回って、位置を確かめながらクレーンを奥へと動かす。

上位チャット：横からガラス越しに俺を見つめるエルフさん
上位チャット：そんなに真剣に見つめられると照れるわ

上位チャット：すみません、愛してます！

二度の操作で位置を決めたアーム部分がゆっくり降りていく。

「こっそり摑《つか》め」

上位チャット：横から帰ってこないエルフさん可愛《かわい》い
上位チャット：癒《いや》される

お菓子の山に突っ込んだアームが先端を閉じて持ち上げる。が、
「あ、あ、あ！　落ちてく落ちてく！」
アームの間にお菓子が挟まって閉じきらず、その隙間《すきま》から次々にお菓子が落下していく。
「あああぁぁ……」

上位チャット：悲しげ

諦めきれず、しゃがみ込んで受取口で待つと、生き残った英雄がコトンと転がり込んできた。
「取れた」

上位チャット：ドヤ顔
上位チャット：大勝利

「んまい」

上位チャット：かつて、ラムネ菓子一個がこれほどの笑顔を生み出すことがあったであろうか
上位チャット：今回は平和な配信になりそうだな
上位チャット：フ　ラ　グ　竣《しゅん》　工《こう》
上位チャット：立てるな立てるな

18．デカい菓子を求めて

「あむ」

上位チャット：嬉《うれ》しそうにお菓子食べてる女の子っていいですよね
上位チャット：わかる
上位チャット：※昼飯にそば屋でカツ丼食べてました

あのあと、もうワンプレイ挑戦し、俺は見事五個のラムネ菓子を得ることに成功した。満足いく結果だ。

「次はこれやるぞ」

上位チャット：プライズ名物デカ菓子
上位チャット：ラムネ菓子よりは取りにくいだろうけど、まだ取れるか？
上位チャット：んー、でも、シールドの高さがちょっと意地悪

余勢を駆って挑むのは、正面にデカデカと『プライズ限定』のシールが貼られた、店では見掛け

ないサイズの箱菓子が景品の筐体《きょうたい》だ。先程のラムネ菓子の筐体より大きく、他の多くのクレーンゲームと同じサイズをしていた。
「シールドって何？」
上位チャット：景品の落とし口の周りをアクリル板で囲ってるでしょ、あれのこと
上位チャット：シールドが高いと、落とし口の真上まで景品を保持してないと獲得できなくなる
上位チャット：要するに、難度が上がる

「しっかり摑《つか》めばいいんだな。よし、行け」

音楽と共にクレーンが動き出す。

「縦よし、奥行《おくゆ》きよし。摑め」

クレーンはいい具合に狙いの箱菓子に取り付いて、二本腕のアームを締めた。のだが、

「ん？」

上位チャット：落ちた
上位チャット：落ちたな
上位チャット：ほとんど持ち上がってない

もう一回やってみたが、持ち上げるとほぼ同時に、くるりと回転して床に逆戻りした。

さらにもう一回。くるり。ぽて。

さらにさらにもう一回。くるり。ぽて。

「アームの力、弱い？」

上位チャット：見た感じ、かなり弱い
上位チャット：下限までパワー下げてるかも
上位チャット：よく見たら爪も純正じゃないな、片側だけ細い
上位チャット：取らせる気あるのか？

「ありなの？」

上位チャット：ギリギリルール違反ではないかな
上位チャット：でも、これ本当に渋い
上位チャット：道理で他の客を見ないわけだ

確かに、左右を見渡しても、俺の他にクレーンゲームをしている客はいなかった。

「なるほど、高難度設定か。燃えてくるな」

上位チャット：ん、いやそれは
上位チャット：待て、なんか面白そうだ

俺はくだんの筐体を一回りし、よく観察する。

シールが貼られた箱菓子、高いシールド、弱いアーム、付け替えられた不均一で細い爪。

「よし」

上位チャット：え、行くの？
上位チャット：金の無駄になりそう
上位チャット：これは無理でしょ。もし一発で取れたら、鼻からオレンジジュース飲むわ
上位チャット：あーあー、入れちゃった

てんてろりん、と賑《にぎ》やかな音楽が流れ出す。

だが、その音楽を楽しく聞こうなどと気を抜いていてはならない。

集中。集中。集中。音楽が間延びして聞こえるほど集中して、クレーンのタイミングを計る。

「――今っ」

上位チャット：ん？　ズレてる？
上位チャット：ズレてるな
上位チャット：いや、ギリギリ摑める？
上位チャット：際《きわ》どい
上位チャット：狙ってた割にしょっぱい結果w
上位チャット：え
上位チャット：え、ちょ
上位チャット：は？？？？？

「取れた」

上位チャット：いやいやいやいや
上位チャット：取れた、じゃなくて！

受取口からデカ菓子を取り出す。シールが剝がれてしまったが、それはまあ、しかたあるまい。

「こうするんじゃないの？」

上位チャット：……まさか、狙ってシールと景品の間に、細いアーム刺したの？

上位チャット：知らない遊び方です
上位チャット：クレーンゲームって難しいんだな
上位チャット：違うそうじゃない

「んまい」

上位チャット：あ、それも開けちゃうんだ
上位チャット：戦利品、食う、これ、サバンナのオキテ
上位チャット：エルフさんの輝くような笑顔に、思わず鼻の奥がツンとしてきたぜ
上位チャット：同時に柑橘《かんきつ》の匂いも凄《すご》いしてるぜ
上位チャット：罰ゲーム実行してるw

19. 量産型大予言者

「こういう取り方じゃないの？」

上位チャット：う、うーん
上位チャット：差し技ってのは存在する

「差し技って何？」

上位チャット：箱の隙間《すきま》や景品の継ぎ目を狙ってアームを差し込んで取る技のこと
上位チャット：分類的にはエルフさんがやったのも差し技だね

「じゃあ、合ってるな」

上位チャット：合ってる……合ってるのか？
上位チャット：一瞬騙《だま》されそうになったけど、箱の隙間狙えるやつもきっとエルフ
上位チャット：ちょっと男子ー、難しいことできる人をエルフっていうのやめなさいよー

「むぐ」

上位チャット：もりもり食べるな、このエルフ
上位チャット：エルフさんの食いっぷり好き
上位チャット：やっぱ、海外は違うのかね

「日本人だぞ？」

上位チャット：はい
上位チャット：ありがとうございます
上位チャット：お約束は守られた
上位チャット：次は何やるの？　もう一丁クレーン？

「クレーンゲームはもういいかな」

上位チャット：まあ、あれを見せられるとな
上位チャット：確率機だろうとお構いなしに全部ゲットされそう

上位チャット：クレーンの次に反応多かったのは音ゲーだな
上位チャット：リズムゲーいいね
上位チャット：ダンスディスクレボやってほしい

「んー」

上位チャット：あれ？　反応悪い
上位チャット：ゲームなら何でも喜ぶエルフさんにしては珍しい
上位チャット：音ゲー嫌い？

「嫌いというか……いいや、一個やる」

上位チャット：？
上位チャット：あ、エルフさん、それ難しいよ
上位チャット：ＰＦＭはまずいですって

俺が立ったのは、鍵盤型の操作面がある筐体《きょうたい》。

『《ピアノフォルテマニアックス》、あなたが演奏したい曲を選んでねっ！』

お金を入れると、強くデフォルメされた原色ばりばりのストリート系の女の子が踊りながら操作を促《うなが》してきた。

「どうやるの？」

上位チャット：草
上位チャット：知らんのかいｗ
上位チャット：一曲目はチュートリアル出るから、画面追ってるだけでいい

原色女の子のチュートリアルを読む。

画面上部から流れてくるノーツと呼ばれる音符がライン上に入ったときに鍵盤を叩《たた》くと成功。連続して成功するとコンボになりスコアが上がる。叩けないままノーツがラインを過ぎてしまうと失敗になり体力ゲージが下がる。体力ゲージがゼロになるとゲームオーバー。一定以上のスコアを取っているとクリアとなる。理解した。

「よし、開始するぞ」

上位チャット：お、ちゃんと叩けてる
上位チャット：ＯＫしか出ないな
上位チャット：ちょっと早い

「ノーツがラインに乗ってから少し待つ感じか、わかった」

上位チャット：ん、いや……まあ、そうだけど
上位チャット：ノーツがラインに乗ってから待つ……？
上位チャット：なんか、嫌な予感がしてきましたよ
上位チャット：ワクワクするぜ

「こう？」

上位チャット：え、何これ、GOODだけになった
上位チャット：うわぁ……うわぁ……
上位チャット：待て、まだツッコむには早い
上位チャット：もうちょっと遅くできる？

「ん」

上位チャット：GREATだけ並んでる……

上位チャット：ええぇ……
上位チャット：さらにもうちょっとだけ遅くできる？

「これでどうだ」

上位チャット：ＰＥＲＦＥＣＴ一色になった……
上位チャット：そんなのってある？
上位チャット：狙っても、ＯＫ染めすらできないです

最後のノーツが通ってチュートリアル終了。

「よし、本番行く」

上位チャット：迷うことなく最高難度入れた
上位チャット：おかしいな。結果が見えるんだけど、俺、もしかして超能力に目覚めた？
上位チャット：奇遇だな、俺も目覚めたところだ
上位チャット：俺はむしろ、夢見てないか疑い始めた
上位チャット：夢見がちな視聴者たちであった

「とまあ、」

◇◆◇

上位チャット：過去最高に予言者率の高いチャットですね
上位チャット：あー、見える。未来丸見え。あーもう、全見え。えっち
上位チャット：フォフォフォ、我が予言が必要か
上位チャット：大予言者に何の用かね、エルフくん
上位チャット：はいじゃよ

「俺、楽器触ったことあるからゲームにならないと思うんだ」

上位チャット：そういう問題⁉
上位チャット：違う絶対違う
上位チャット：俺が今まで触ってきたものは楽器じゃなかった……？

「ランキングの名前、四文字しか入らないんだけど、『ブランリ』と『ブラン』のどっちがいい？」

上位チャット：知らねえよ！
上位チャット：あーあー、全国ランキング変わっちゃった
上位チャット：大予言者俺氏、何も見てない

20. 検索ワード

「音ゲーはもういい？」

上位チャット：目押しできるゲームはすべて同じ未来が待ってそうだしな……
上位チャット：いや、手はダメでも足なら
上位チャット：踊りませんか？
上位チャット：ダンスディスクレボやらせたい

「何それ？」

上位チャット：今、エルフさんの後ろに見えてるやつ
上位チャット：同じく、ノーツをタイミングよく押すゲームだけど、足操作なのが特徴

「足つりそう」

上位チャット：エルフさんが何を想像したか全部わかったｗ

上位チャット：そうじゃないからｗ
上位チャット：手元じゃなくて足元に用意されたパネルで操作するんだよ
上位チャット：で、うまくやると踊ってるように見えるってわけ
上位チャット：ほら、ちょうど始める人がいるよ

目を向けると、トンガったファッションの青年がお金を投入するところだった。なんだかチェーンと鋲《びょう》でジャラジャラしていてうるさい。

正面には、上からノーツが流れてくる大きなスクリーン。左右に二人分の操作パネルが敷《し》かれており、その中央には硬貨の投入口を含むコントローラ。円形に配置された操作パネルを足で踏んでノーツをさばく様は、確かに踊っているように見えた。

「なるほど、面白そうだ」

上位チャット：エルフさんが乗り気だ
上位チャット：踊るエルフさん待ち
上位チャット：待ちエルフ
上位チャット：そろそろか
上位チャット：お

「追加プレイか」

上位チャット：連コインするならちゃんと後ろ確認して
上位チャット：あ、気付いた
上位チャット：ウィンクできてねえw
上位チャット：草

「む」

上位チャット：さらに連コイン？
上位チャット：並んでるエルフさん無視するなよ
上位チャット：マナー悪いな
上位チャット：あ、違う！　こいつ、エルフさんにアピールしてるんだ！
上位チャット：だから、無駄に動きが大きいのか

「違うゲームやるか」

上位チャット：そうだね

上位チャット：その方がよさそう
上位チャット：エルフさんが呼んだと聞いて。

「お、エルフに自信ニキ？」

上位チャット：自分はただの神話好きだが、昨日はそう呼ばれていたな。
上位チャット：嘘《うそ》だぞ、絶対にエルフ好きだぞ
上位チャット：エルフのために神話に踏み込んだに違いない
上位チャット：ダウト！

「魔法知らない？」

上位チャット：またすげぇ聞き方するな、このエルフ
上位チャット：あまり使わないアプリの使い方聞くトーンだ
上位チャット：エルフが使用しそうな魔法の類《たぐ》いということであれば、ルーン魔術が挙げられる。北欧神話にも登場する魔術で、特殊な染料でルーン文字を刻む等して発動させるというものだ。しかし、現在はそれらの情報の多くが散逸している。
上位チャット：ルーンってゲームで見たことあるな

上位チャット：北欧神話にも出てたんだ
「ウェーイ！　どう、白人さん、見てくれた？　オレっちのスーパープレイ」
「見てなかった。空いたならやるか」
トンガってるジャラジャラ青年の横を通って筐体《きょうたい》へ。プレイ前にカメラをちゃんと固定しないとな。

上位チャット：無慈悲ｗ
上位チャット：これは草生《は》える
上位チャット：ナンパ終了ＲＴＡ（五秒）
「う、ウェイウェイウェイウェイ！　白人さんなら日本のゲーセン初めてじゃね？　一流ゲーマーのオレっちが手ほどきしてやってもいいぜ？」
「初めてだけど、要《い》らないぞ？」
「ぐっ……！」
上位チャット：本当に必要ないだろうからなぁ
上位チャット：格好付けてるところ申し訳ないが、うちのエルフさんは今さっきランキングを荒ら

してきたばかりなんだ
　トンガってるジャラジャラ青年がぷるぷるしてるが、話は終わったようだからお金を投入。さあ、プレイ開始――
「むむ」
「ヘイヘェイ、ソロプレイなんてつまんねぇぜ！　オレっちと踊らないか、ベイベー！」
上位チャット：あっ
上位チャット：追加で金入れて二人プレイに変えやがった
上位チャット：……これ、ありなの？
上位チャット：迷惑行為です
上位チャット：思いっきりマナー違反
「こいつをどっか行かせる魔法ない？」
上位チャット：こいつを消す方法
上位チャット：イルカかな？
上位チャット：草

上位チャット：そういう類いのものは知らない。……強《し》いていえば、ソーンか？　魔除《まよ》けの力を持ったルーン文字とされている。いずれにしても、この場ですぐ用意できるものではないが。

「んー。魔法、役に立たないな」

上位チャット：他には、ヴァン神族の女神フレイヤも得意としたセイズという呪術がある。こちらも準備が必要であるし、仮に使えたとしても店内で行うものではないな。

「なんで？」

上位チャット：性的快感を伴うとされているからだ。
上位チャット：ガタッ
上位チャット：早く、エルフさんにやり方を授けるんだ！
上位チャット：何やってんだ、エルフに自信ニキ！　急げ！
上位チャット：お前らｗ

「キリシたんに叱《しか》られるから使わないぞ」
「白人さん、勝負しないか？」

「……勝負？」

上位チャット：あ
上位チャット：エルフさんの目つきが変わった

「オレっちが勝ったら店内デート。負けたらもう付きまとわない。どうする？」
「乗った！」

上位チャット：即　　　答
上位チャット：迷惑行為はやめてもらうのが当然なんだけど
上位チャット：まあ、エルフさんは喜んでるから
上位チャット：エルフさん、ゲーム勝負できれば何でもいい説

「よーし、やるぞー！」

上位チャット：どの程度、男の心が折れると思う？
上位チャット：再戦を挑めないくらい
上位チャット：尻尾《しっぽ》巻いて逃げ出すくらい

上位チャット：突っ伏して立ち上がれないくらい
上位チャット：果たして、そのくらいで済むかどうか……
上位チャット：ひとりもエルフさんを心配してないのは笑う

21．魔法は飛ぶもの

「ふむ。ノーツに合わせてタイミングよくパネルを踏む。踏む足は自由……なるほど」
上位チャット：エルフさんが初心者感あふれる確認作業してる
上位チャット：実際、初心者だし
上位チャット：基本スペックの高さでゴリ押してるけど、やってること自体は初心者そのものだもんな

「ウェーイ！　白人さんはゲーセン初めてって話だけど、もしかして、このゲームも……？」

「初めてだ」

「そ、そっかー！　……じゃ、一発勝負で」

「おう！」

「……あと、難度は一番高いやつでいい？」

「いいぞ！」

上位チャット：せこいｗ

上位チャット：めっちゃせこいｗ
上位チャット：草
上位チャット：勝率を高めるために何でもするという覚悟、俺は嫌いだぜ
上位チャット：嫌いなのかよｗ

「よし、ゲームスタート！」

上位チャット：ところで、自分は今来たからわからないのだが、これはどういうゲームなのだ？
上位チャット：エルフに自信ニキ、ダンスゲーって知らない？
上位チャット：もっと勉強すべきなのだが、あいにくと。
上位チャット：今時珍しいな

次々とノーツが流れてくるが、ＰＥＲＦＥＣＴを出すタイミングは……うん、同じで行けるな。

問題なさそうだ。

「よっ。ほっ」

「そ、そんな……やり込んだオレっちより格段にうまい……!?」

上位チャット：……ん？　待て、ダンスゲーとはダンスゲームのことか？

上位チャット：そうだよ
上位チャット：まさか、踊るのか？　エルフさんが？
上位チャット：エルフに自信ニキ、エルフさんの踊り見たかったの？
上位チャット：ごめんね、踊るといってもこの曲そんな激しくないからワンピの中身は見えないんだ
上位チャット：やーん、エルフに自信ニキのえっちー
上位チャット：……君たち、エルフさんを見ていて、平気なのか？
上位チャット：へ？
上位チャット：なんともないけど？

「エルフに自信ニキ、どうした？」

上位チャット：エルフの踊りには様々な伝承がある。幸運や知識を授けられるという望ましいものもあるが、失明や奇病を患うという望ましくないものもあるのだ。
上位チャット：え
上位チャット：マジで？
上位チャット：ガッツリ見てたんですけど
上位チャット：やだなぁ、エルフさんなんてエルフさんなんだからエルフさんじゃないでしょ……

ないですよね？
上位チャット：そうそう、耳と髪が動くただのコスプレ外国人……ですよね？
上位チャット：自信なくすのやめてもろて

「ん、あー……これか。オフにしとく」

上位チャット：オ　ン　オ　フ　式
上位チャット：え、そんなんでいいの？
上位チャット：エルフに自信ニキ？
上位チャット：知らん。
上位チャット：うん、まあ、これはそうだろうと思いました

「勝った」

上位チャット：またエルフさんがパーフェクトしてる
上位チャット：不安になること聞いたせいで盤面あまり見てなかったわ

「ブ、ラ、ン、リ……っと。よし」

上位チャット：またもランカーの間に突如現れる『ブランリ』
上位チャット：あーあー、ランキング壊れちゃった
上位チャット：めっちゃ困惑するだろうなぁ

「ね、ねぇ白人さん」

「ん？」

「ズルくない？」

「何が？」

「ほ、ほら！　白人さん、本当は経験者だったんでしょ？　オレっち、それで油断しちゃってたからこれで負けたってのはさー。なんていうかさー。こう、わかる？　日本人の美徳的なあれがねー？」

上位チャット：負け犬が寝言をほざき始めたぞ
上位チャット：エルフがオールパーフェクトした時点で勝敗は決まってますよ
上位チャット：油断しなきゃオールパーフェクトできるってんならやってみろって話

「こいつをどっかに飛ばす魔法ない？」

上位チャット：こいつを消す方法
上位チャット：イルカ
上位チャット：もう店員呼んじゃう？
上位チャット：それでいいような気がしてきた
上位チャット：ねー、エルフさん、思いついたんだけどさ

「何？」

上位チャット：オンにしたら？
上位チャット：……くっそ恐ろしいこと言い出したぞ、こいつ
上位チャット：迷惑なナンパ男でも失明はやりすぎ
上位チャット：さすがにヒくわ
上位チャット：エルフに自信ニキ、様々な伝承があるって言ったけど、ダメージ軽めなのないの？
上位チャット：エルフと一緒に踊ると、朝まで踊り続けるというものならあるが。

「じゃ、それで」
「白人さぁん、パソコンなんて見てないでさ……うぉ？」

ジャラジャラ青年は筐体《きょうたい》まで駆け寄ると、すぐさまゲームを開始した。
「うぉおおお！　なんか、踊りたくてしかたねぇえええ！」
「ほー」

上位チャット：いや、「ほー」じゃなくてw
上位チャット：仕込みだよね？　仕込みだよね？
上位チャット：なぁんだ、仕込みかぁ。エルフさんに一杯食わされちゃったぜ。ははは
上位チャット：※全国ランキングに『ブランリ』は実在しています
上位チャット：あー、目の前でやってもらったのに手品のタネを見抜けなかった気分……
上位チャット：大丈夫なの、これ？　いや、もちろんネタなんだろうけどさ

「一時間くらいで切れるようにしといた」

上位チャット：ああ、それならせいぜい財布が軽くなるだけで済みそう
上位チャット：……というか、これは魔法では？
上位チャット：魔法だよね

「かめはめほにゃららとか波動ほにゃららとかしてないぞ？」

上位チャット：あー、エルフさんの中で魔法のイメージは飛び道具なのかー
上位チャット：可愛《かわい》い

22. 仲間の絆《きずな》を欲する者

「スタッフロール」
縦長のモニタをした筐体《きょうたい》。その画面の四分の一を占める巨大なボスが、派手な爆発を繰り返しながら沈んでいく。操作はできない。どうやら、これで終わりのようだ。

上位チャット：ワンコインクリアしちゃった……
上位チャット：誰だ、弾幕シューティングならクリアできないって言ったやつ
上位チャット：初プレイ、敵機に突撃して死亡
上位チャット：残機3、普通に被弾して死亡
上位チャット：残機2、「横方向の被弾範囲を確かめる」とか言って横から敵弾にぶつかって即死亡
上位チャット：残機1、「次は前方向」とか言って敵弾に突撃して即死亡
上位チャット：残機0、クリア
上位チャット：おかしいよな？　おかしいよね？
上位チャット：残機2になるところまでは普通に初心者だったのにw
上位チャット：今わかったんだけど、グレープジュースはオレンジジュースより鼻に優しい

上位チャット：その情報、一生役に立たないと思います

「もう終わり？」

上位チャット：終わりです
上位チャット：そいつ、強すぎて理不尽だって言われてたラスボスなんですが
上位チャット：ボスだけで五回コンティニューした俺、涙目
上位チャット：七回の俺、落涙
上位チャット：涙拭《ふ》けよ
上位チャット：酒でも飲めよ
上位チャット：鼻から
上位チャット：仲間を増やそうとするなｗ

「じゃあ、そろそろレースゲームといくか」

上位チャット：やーだー、まだ遊び足ーりーなーいー
上位チャット：子供かｗ
上位チャット：あ、一時間過ぎてたのか

上位チャット：ゲーセンの一時間って思ったほど遊べないな
上位チャット：で、レースゲーは何やるの？

「んー。案内板にあるレースゲームは《最速の峠3》と《カートレーシング7》と《大違反2》と
――」

「――《バトルレースチャンプ》だ」

背後からの声に振り向くと、熊のような頬ヒゲの大男がいた。年齢はちょっとわからない。成人だとは思うが、ラフなパーカーとサングラスのせいで人相がハッキリしないのだ。

「よく俺様のところまでノコノコとやってきたな、黄緑女！」

「誰？」

上位チャット：こいつ、タイミング計ってましたよ、エルフさん！
上位チャット：ずーっと、後ろでこそこそしてました！
上位チャット：×やってきた　○付け回された
上位チャット：漫画でもドラマでもよく見掛ける演出だけど、実物は思った以上にダサかった
上位チャット：カメラはエルフさんの方を向いてるから、そういう小細工は丸見えになっちゃうんだよなぁw

お手洗
TOILET
?

「って言われてるが？」
「や、やめろぉ！　人の演出を何だと思ってる！」

上位チャット：チャット欄見せるの草
上位チャット：すみませんねぇ、うちのエルフさんが
上位チャット：俺のエルフが迷惑を掛けちゃったみたいで
上位チャット：は？　エルフさんは俺のだし
上位チャット：エルフさんは俺のですー、バリアー
上位チャット：子供かw

「で、何の用？」
「聞いたぞ！　貴様が俺様の舎弟を怪しげな催眠術で熱狂的ダンサーにしたのだと！」

上位チャット：催眠術！
上位チャット：それだ！
上位チャット：そうか、あれは催眠術だったのか！
上位チャット：その発想はなかった、助かる
上位チャット：いやー、スッキリした

上位チャット：ありがとう！

「って言われてるが？」

「なぜ、俺様は感謝されたのだ……？」

上位チャット：また見せてるw

上位チャット：あまり深く考えるな

「とにかくだ！　俺様と勝負しろ！　俺様が勝ったら――」

「乗った！」

「え」

上位チャット：あーあー、また条件聞かないし

上位チャット：エルフさんが勝ったら俺と結婚するって条件で勝負を申し込むことを思いついた

上位チャット：勝者に罰ゲームはどうかと思う

上位チャット：草

「ま、待て、条件を聞け。俺様が勝ったら、舎弟に掛けた催眠を解いてもらうぞ！」

「放っておいても、もう三十分もせずに解けるぞ」

「……そうなのか？」

「催眠術じゃないけどな」

上位チャット：目的、消失を確認しました！
上位チャット：草生《は》え散らかす

「……じゃ、じゃあ、俺様が勝ったら俺様と店内デートをお願いできませんか？」

「いいぞ」

「黄緑女ァ！　俺様と《バトルレースチャンプ》で勝負しろォ！」

「おう！」

上位チャット：ぐだぐだな決闘、はーじまーるよー
上位チャット：また、エルフさんに勝ったときの条件しかない……
上位チャット：それでは、負けたら鼻からリンゴジュースを飲むということで
上位チャット：増やすな増やすなw

23. くっついてる男

「どんなゲームなんだ？」

上位チャット：やはり知らなかったか
上位チャット：バトルレースチャンプはかなりシンプルなレースゲーム
上位チャット：車が壁や他車に接触しても破壊や故障は発生しないタイプ
上位チャット：アイテムやギミックもあまりない
上位チャット：周回ごとにもらえる加速アイテムが特徴かな
上位チャット：それもよそで見掛けるけどねぇw

「単純なんだな」

上位チャット：その分、腕の差が出やすい
上位チャット：アクセルベタ踏みでどうにかなるゲームとは違う
上位チャット：だから、最初はヒゲ男の動きをなぞるといいよ
上位チャット：これでヒゲが下手だったら笑うw

「わかった」

「黄緑女、確認するぞ。勝負は二本先取、車両選択自由、コースランダム、間違いないな？」

「ん」

使用する車はヒゲ男と同じ、重量感のあるものを選択。カラーは、ヒゲ男が赤、俺は緑になった。

そして、ランダムで選んだコースは大都市を貫く長大な高速道路を模したもの。名前は『超首都高速道路マキシマム』だそうな。

「高速道路なのにぐねぐねした道や急カーブがある」

上位チャット：まあ、そこはあくまでも高速道路風コースなので
上位チャット：一般車両も出てくるゲームなら違うんだけどね
『レディー……ゴォー！』

大写しになったシグナルサインに合わせて、発車の号令。八台の車両がスタートした。

「ハァッハー！　俺様の華麗なるドライビングテクニックを見て、惚《ほ》れるんじゃねぇぜ！」

上位チャット：ヒゲ、最初のクランクであっさり先頭に立ったか
上位チャット：ヒゲ、意外とやるじゃん

上位チャット：ヒゲ、大したものです

「だってさ」

「俺様はヒゲの付属品か⁉」

上位チャット：二秒差くらい？
上位チャット：ヒゲからはまだ遅れてるけど、そこまで悪くない距離
上位チャット：お、エルフさんもコンピュータ車両の群れから出てきた
上位チャット：ヒゲ生《は》える
上位チャット：草

「黄緑女、初心者って割に上手じゃねえか。だが、この二連続の大カーブを切り抜けられるかな！」

上位チャット：うまい
上位チャット：アウトから入ってインぎりぎりを抜けていった
上位チャット：大口を叩《たた》くだけはあるじゃん
上位チャット：エルフさんも来るぞ
上位チャット：行った！

「ほいっと」
五秒七くらいの急制動。カーブの外側の壁から一メートル二〇センチ、カーブの頂点に対して三八度の位置から、ブレーキを加えつつハンドルを三回しと八分の一っと。

上位チャット：ん？
上位チャット：んんん？
上位チャット：……
上位チャット：あのー、エルフさん、つかぬことをお伺《うかが》いしてよろしいでしょうか？

「なんだ？」
カーブを抜けたら外側の壁付近でハンドルを左、右、左。これ、意味あったのかな？　次は抜いてみるか。

上位チャット：もしかして、ヒゲの運転をコピーしてる？
上位チャット：タイム差が〇・〇一秒も動いてないんですが……
上位チャット：俺らはいったい、何を見せられてるんだ……？

「なぞれって言っただろ？」
上位チャット：完コピしろとは言ってないんだよなぁ
上位チャット：※しろって言われてもできません
「へっ……黄緑女、やるじゃねーか。まさか、俺様にここまで食らいついてくるとはよ！　……いや、本当に驚いたんだけど。経験者だったの？」
「初プレイだぞ」
上位チャット：締まらねぇな、このヒゲw
上位チャット：食らいつくどころの騒ぎじゃないんだよなぁ
上位チャット：さあ、エルフさん、やっておしまい！
「おう！」
ヒゲ男のルートにあった無駄を削《そ》ぎ落とし、俺はどんどん加速する。
二秒あったタイム差は三周目には一秒差にまで縮まり、四周目には追い抜けるだろうところまで来た。
「ほい、ほいっと」

「……っ！」

上位チャット：ヒゲがコーナーこすった！
上位チャット：これでいよいよ差がなくなったな
上位チャット：三周目入った辺りから焦《あせ》りが見え始めたよね

「……黄緑女」
「なんだ？　あと、俺は男だぞ」
「俺様に苦戦させた褒美に、ひとついいもの見せてやるぜ」

上位チャット：どうせ、エルフさんにコピられる
上位チャット：トナーのサビにしてくれる
上位チャット：ん？
上位チャット：なんだ？
上位チャット：ヒゲがコーナー前なのに減速しない？
上位チャット：エルフさんが同じルートで付いてきたら道連れになるって話？
上位チャット：いやー、それはエルフさんをバカにしすぎでしょー
上位チャット：だよなぁ

上位チャット：あ、やっぱり、エルフさんは減速し始めた

場所はコーナー。このコース最大のカーブ。前に見えるのは、ヒゲ男の車と――さらに前を行く、周回遅れのコンピュータ車。

「行くぜ！　なぞれるもんなら、なぞってみやがれ！」

上位チャット：加速⁉
上位チャット：加速全部使った！
上位チャット：それでどうやってカーブを
上位チャット：ぶつけた⁉
上位チャット：ぶつけたぞ！
上位チャット：ヒゲ、ぶつけた！

急加速したヒゲ男の車は、カーブで減速していた前方車両に突っ込むと、その反動を利用して高速でコーナーを曲がり切った。

上位チャット：えええええ
上位チャット：そんなのアリか⁉

上位チャット：前の車、コース外にぶっ飛んでったぞ
上位チャット：なるほど、これはトレースできない……

「どうだぁ！　これが俺様だァ！」


「ん。覚えた」

二連続カーブの二つ目。俺は加速アイテムをすべて使って突っ込んだ。

目標は——ヒゲ男車。

「なぁあああっ⁉」

上位チャット：ヒゲを弾《はじ》き飛《と》ばした！
上位チャット：うわ……エルフさんだけキレーに曲がってった
上位チャット：すげー、見事にものにしてる
上位チャット：別に同じルート上じゃなくても真似《まね》できるのかw

「勝った」

上位チャット：ヒゲ、ちょっと同情する
上位チャット：ヒゲ、残念だったな
上位チャット：ヒゲ、くっついてる男で泣いていいからな

「俺様はヒゲの付属品じゃねぇ……」

24. 超三枚目

「閃《ひらめ》いたぞ！　筐体《きょうたい》を買えば、練習回数で差を付けられるから、俺様もプロゲーマーになれるに違いない！」

えらく浅いことを考えた青年がいた。

いや、多少は理由がないこともない。青年は何よりもゲームが大好きだった。ついでに、格好良く生きたかったしモテたかったのだ。やっぱり浅かった。

「俺様の考案した画期的な方法があればプロゲーマーになれるだろうが、それまでの間の収入も考えねばならないな」

とまあ、青年は浅いなりにちょっと考えた。

「よし、俺様はゲーム配信で稼《かせ》ぐぞ！　配信者なんてゲームやって雑談してりゃいいんだから楽な仕事だな！　募集してるところに申し込むか！　ガハハ！」

かくして、《2・5D》所属Vチューバー、焔村炎太郎《ほむらえんたろう》は生まれたのだった。

「よっしゃ！　これで俺様、ゲーム三昧できるぞォ！」

ちなみに、モテはしなかった。

◇◆◇

「だから、絶対に俺様は負けちゃならんのだ……！」
特に誓う写真立てなんかないし、握り締めたペンダントの中に入ってるのは愛犬の写真だし、昨日もいたずらに手を焼かされたばかりであったが、雰囲気は出た。

上位チャット：あ、思い出した
上位チャット：何を？
上位チャット：聞き覚えあるなー誰だっけーってずっと考えてたんだけど、ヒゲって焔村炎太郎じゃね？
上位チャット：あー
上位チャット：言われてみれば、こんな声だったな
上位チャット：俺様キャラだし、合ってる

「らしいぞ」
「ナ、何のことか、ボクわかんないナー」
上位チャット：裏声w
上位チャット：バレたくないならバレないよう振る舞えw

「舎弟のピンチに颯爽《さっそう》と駆けつけたら、俺様のチャンネル登録数増えそうだろうが！」
上位チャット：この動機よｗ
上位チャット：そこからナンパに移行しなければ確かに
「俺様のチャンネルは九八パーセントが野郎なんだぞ！　潤いを求めて何が悪い！」
上位チャット：頭が
上位チャット：タイミングが
上位チャット：別の機会にしろとしか
上位チャット：※舎弟はまだ踊ってます
「ええい、二戦目だ二戦目！　黄緑女、行くぞ！」
「おう」
大写しになったシグナルが二戦目の開幕を告げようとする中、炎太郎は息を深く吐くと、両手で己の頬を張った。
「ッシ！」

上位チャット：なんだ？
上位チャット：気合入れた
上位チャット：いやー、エルフさんは、そんなもんでどうにかなる相手じゃないだろ

「お？」

上位チャット：ヒゲ、出遅れ？
上位チャット：ヒゲ、遅れた
上位チャット：よっしゃ、エルフさん逃げきれー

二戦目のコースは鉱山の坑道をイメージしたものだった。摩天楼が如《ごと》くそびえ立つ山を連続した急カーブで下る難コースであり、ただの初心者であれば速度調節に苦労させられることは間違いなかった。

しかし、このエルフはただの初心者などでは、もちろんない。

「よっ」

上位チャット：うまい

上位チャット：おー、下りきった
上位チャット：初めてでよくガードレールのお世話にならなかったな
上位チャット：ヒゲを抑えて、エルフさんが依然先頭。これは勝ったな！

一周目を終えた時点で、先頭はエルフ。そこからおよそ〇・三秒遅れて炎太郎が坑道に再突入していった。

「うりゃ」

上位チャット：コーナリングがよくなってる
上位チャット：ラップタイムも一秒以上の大短縮だ

「コツがわかってきたから、次はもっと縮まるぞ」

上位チャット：うーん、頼もしい
上位チャット：これが他の人なら笑っておしまいなんだけど、エルフさんだから
上位チャット：有言実行されるんだろうな

この宣言通りに、エルフはタイムを改善しながら周回を進んでいった。

「よし、最終ラップだ」
上位チャット：さて、ヒゲとのタイム差は
上位チャット：〇・三秒
上位チャット：エルフさんに食らいついてる
上位チャット：というよりは……
上位チャット：狙ってるね

ここまで、炎太郎は、一周ごとにペースを上げるエルフから〇・三秒弱遅れた位置を維持し続けている。一周二周はともかく、四周を終えて五周目に入った今、それを偶然と捉《とら》えるものはいない。
そう。炎太郎はエルフに自分の最適な走りを教えないために後ろに回っていたのだ。

上位チャット：いいねぇ、そういうガチなプレイは好きだよ
上位チャット：自己ベストだけ狙って走って負けても許されたところなのに
上位チャット：そうやって逃げなかったのは評価に値する
「らしいぞ」
「……本当に、黄緑女はよくプレイしながらチャット欄を読めるな」

「慣れたらできる」

上位チャット：最初からやってた気がするんですが
上位チャット：（エルフさん以外は）慣れたらできる
上位チャット：慣れてもできる気がしねぇ！

「自己ベストで満足する気はないのか？」

「当然だろうが。俺様は——ゲームするためにゲームしてるんだ！」

コース終盤の下り坂のコーナー。エルフが車体の制御に入ったタイミングで、ついに炎太郎が動く。

四つ溜《た》まった加速アイテム。炎太郎は、初戦と同じく、三つを立て続けに使ってエルフに急接近する。

だが、それは当然、警戒していた動き。エルフは迷うことなく、加速ボタンを押し込んで回避行動を取った。が、

「やられた」

上位チャット：え
上位チャット：嘘《うそ》⁉

上位チャット：エルフさんが吹っ飛ばされた！
上位チャット：いったい何があった⁉
上位チャット：追尾だ！　三段加速のあと、逃げようとしたエルフさん目掛けて、ラストの加速で方向調整したんだ！
上位チャット：んな技が⁉

「……なるほど。それはカーブを素早く曲がるための技じゃないってことか」
「俺様の必殺技がそんな安っぽい小技なわけないだろう。俺様はゲームをするために——ただひたすらゲームをやり続けるために、この道を選んだんだからな！」
ひたすら浅くひたすらゲームが大好きなヒゲ男、焔村炎太郎は拳《こぶし》を突き上げて吠《ほ》えたのだった。

上位チャット：おおおおお！
上位チャット：炎太郎！　炎太郎！
上位チャット：炎太郎！　炎太郎！
上位チャット：でも、キリシたんほどは応援したくならない
上位チャット：それな
上位チャット：草

25. バトルレースチャンプ

「ふぅー……ッシ！」

ヒゲ男がまた己の頬を張る。

隣の筐体《きょうたい》の俺どころか、店内いっぱいに響き渡るような大音だった。

「かぁー、痛ぇ！　俺様、パワーありすぎ！」

上位チャット：気合入れて自賛する人は珍しい
上位チャット：ガチで痛いやつだこれw

「難儀なやつだな」

「へっ！　黄緑女、俺様の集中力に恐《おそ》れ慄《おのの》いたか？」

「そういうことじゃないんだが……」

「あん？」

「ヒゲ男は好きなゲームやらないのか？」

上位チャット：ん？

上位チャット：エルフさん？
上位チャット：炎太郎ってレースゲーマーだよな？
上位チャット：記憶にある限りでは、レースゲー以外の配信はない
上位チャット：レースゲーム一色だね

「何を言ってるかわからねぇな。俺様はこんな技ができるくらい《バトルレースチャンプ》をやり込んだゲーマーだぞ？　嫌いなわけないだろ」

「そりゃ、嫌いじゃないだろうけど……んー」

「おっと、そこまでだ。ゲームは何でもありだと俺様も思うが、盤外戦術までは含めたくねぇ。続きは決着してからにさせてもらうぜ」

「ん」

上位チャット：盤外戦術……エルフさんが？
上位チャット：するかなぁ？
上位チャット：むしろ、盤外戦術食らって「そういうのもありなのか！」って嬉々《きき》として受け入れるタイプ
上位チャット：そして、真正面から粉砕するタイプ
上位チャット：だなぁw

最終第三戦に選ばれたコースは、天空の浮島を渡る幻想的な星屑《ほしくず》の架け橋。名前は『星空ハイウェイ』だった。

上位チャット：難コースの代名詞が来たな
上位チャット：そんな難しいの？
上位チャット：このコースの特徴は高低差のある橋とガードレールのない断崖絶壁カーブなんだよ
上位チャット：落ちたら大幅タイムロスが確定してるのに、車が跳ねてコントロールしにくくなるカーブが多いから難しいってわけ
上位チャット：なるほど、炎太郎は大変だな
上位チャット：ナチュラルにエルフさん省いたの草

「行くぞー」

上位チャット：おー
上位チャット：行きませい
上位チャット：相変わらずゆるいエルフさん

レース開始直後に先頭に立ったのは俺だった。すぐに待ち受ける凸字に湾曲した最初の橋を勢いよく駆け上がり、少しアクセルを緩めて――離陸。

「っと」

空中で全力の方向転換。進行方向は変えられないが、車の向きだけはコーナー出口……いや、それよりもさらに内側へ向けて、着地。同時にフルアクセル。崖に片輪を掛けながらもなんとか落ちずにレースを続行できた。

上位チャット：あぶね
上位チャット：落ちるかと思った
上位チャット：解説は聞いてたけど、これは確かに鬼畜
上位チャット：初心者みんな、橋ジャンプ直後のコーナーで落ちない？
上位チャット：落ちる
上位チャット：落ちた
上位チャット：慣れてもしょっちゅう落ちる
上位チャット：コース覚えろw
上位チャット：で、エルフさんがこれだけロスしても……

「俺を抜く気はなさそうだな」

「ハッ！　黄緑女は多少先行された程度で焦《あせ》るタマでもねぇだろ？」

コンピュータ車両の群れの最前列に、ヒゲ男は留《とど》まっていた。

二戦目と同じく、勝負どころまで後ろに控え続けるようだ。

「なら、遠慮なく試させてもらおう」

コーナー前の橋でジャーンプ。

上位チャット：ヒェッ
上位チャット：落ちる落ちる落ちる
上位チャット：セーフ！
上位チャット：危ないて！

「ほい」

コーナー前でジャーンプ。

上位チャット：あぶあぶあぶ！
上位チャット：セーフ！　セェーフ！
上位チャット：エルフさん、ギリギリ攻めすぎ！

「えい」
コーナージャーンプ。
上位チャット：あああああ
上位チャット：片輪どころじゃないよ！　後ろの両輪落ちてたよ、今の！
上位チャット：エルフさん、スピード抑えよう！

「ははは」

上位チャット：「ははは」じゃねぇー！
上位チャット：エルフさんに、もてあそばれた……っ！
上位チャット：責任取って結婚してくださいお願いします
上位チャット：何回遊ぶんだよう！

橋ジャンプの具合を確かめた俺は、徐々にロスを減らしていく。
そして、ヒゲ男はそんな俺にちょうど〇・三秒遅れて走り続けた。
「オラオラァ！　俺様も行くぜ、最終ラップ！」

上位チャット：さあ、最終ラップだ
上位チャット：ここまでは大きな出来事は何もないが
上位チャット：半端なところで決着とはならないだろうな
上位チャット：勝負はやはりどこかのコーナーか

ヒゲ男の仕掛けどころがどこになるか。残念だが、それを見抜くには俺の経験が足りていない。おそらくは最終ラップのコーナー。これ以上のことはわからない。

――だから、ゴリ押しする。

「ほっ」

向かうのは橋ジャンプのない通常のコーナー。バックミラーでギリギリまでヒゲ男の動きを確認して、ブレーキ。急ハンドルで方向調整し、アクセルを踏んで突入する。

上位チャット：これはうまい
上位チャット：エルフさん、いいコーナリング決めたな

「はっ」

同じく通常のコーナー。バックミラー。目を離さない。離さない。離さない。よし、ハンドルを全力で切る。

上位チャット：これまたうまい
上位チャット：しかし、エルフさん、ハンドル切るのギリギリすぎじゃない？
上位チャット：あ、それは思った
上位チャット：さっきまではもっとスムーズに曲がってたのに、この周回だけ危なっかしい

「警戒してるからな」
「……くそっ！　黄緑女、やっぱりわざとやってやがったかっ！」

上位チャット：え？
上位チャット：炎太郎の追突を避けるために、ギリギリまで方向を決めないでいるってことか！
上位チャット：マジか
上位チャット：いやいやいや、普通、それでコーナー曲がれるか？
上位チャット：理屈はわかった。意味はわからなかった
上位チャット：またエルフしてる
上位チャット：エルフするって何w
上位チャット：通常コーナーはあといくつ？
上位チャット：二つ！

「ほい」

上位チャット：炎太郎、動かない！　動かない！
上位チャット：違う、動けないんだ！
上位チャット：逃げろ逃げろ、エルフさん！
上位チャット：いけー！
上位チャット：あとひとつ！

「とう」

上位チャット：回った！　回った！
上位チャット：通常コーナー終わり！
上位チャット：やったぁあああ！

警戒に警戒を続けて、ついにヒゲ男は仕掛けることができずに、橋ジャンプが絡《から》まないコーナーが終わった。
あとに残るのは、橋ジャンプが絡む最後のコーナーただひとつ。これで終わりだ。

俺は四周で見極めた突入速度でジャンプした。

「——俺様は負けねぇ！」

上位チャット：炎太郎が加速した⁉
上位チャット：使った！　加速三つ使った！
上位チャット：ジャンプコーナーでもできるのか⁉
上位チャット：エルフさん、逃げて！

「無駄だ！　俺様は右に逃げても左に逃げても必ずぶち当てる！」
俺の橋ジャンプの着地点を睨《にら》み、突入するヒゲ男。
加速アイテム三つ分を乗せた速度が俺に迫る。

「それを待ってた」

上位チャット：え
上位チャット：どこ向いてんの？
上位チャット：待って
上位チャット：加速使った！

「――三つで来るなら四つで撃墜できるだろ？」

俺は空中で車体を真後ろに向け、加速アイテムを四つすべて叩《たた》き込《こ》んだ。
目標は、後ろからやってくる――ヒゲ男車だ！

上位チャット：正面衝突した！

「はぁあああああああああああああああ⁉」

上位チャット：あ、ヒゲ落ちた
上位チャット：エルフさんはかろうじて落ちなかったか
上位チャット：また無茶苦茶な勝ち筋見つけたなぁ

「勝った」

上位チャット：その一言で済ませていいのだろうか？
上位チャット：エルフさんだし
上位チャット：またエルフしてる
上位チャット：ちょっと用法がわかってきた

26．好きなゲーム

「っはー……ぁ」

ヒゲ男は長いため息を吐くと筐体《きょうたい》のハンドルに突っ伏した。ゴン、と重い音がしたから、額を打ち付けたのだろう。

「なあ、黄緑女」

「なんだ、ヒゲ男？」

「……さっきから思ってたが、もうちょっと俺様のまともな呼び名はないのか？」

上位チャット：はい！　黄緑女ってのも大概だと思います！

上位チャット：それな

「……モジャ男？」

「結局、ヒゲじゃねーか」

「……クマ男？」

「ヒゲから離れてくれ」

上位チャット：ヒゲ生《は》える
上位チャット：ヒゲ生え散らかす

ヒゲ男改め名称不明はようやくハンドルから体を起こす。

サングラスでわかりにくいが、苦虫を噛《か》み潰したような顔をしていた。

「俺様はほむ……あー、配信中か。じゃあ、俺様のことはVライバーネームの焔村炎太郎《ほむらえんたろう》で呼んでくれ」

「やだ」

「うぉいっ⁉」

上位チャット：やだｗｗｗ
上位チャット：炎太郎、本名も「ほむ」で始まるのな

「勘弁してくれよ……。黄緑女、どんだけヒゲに愛着持ってんだ？」

「別にヒゲに愛着はないぞ」

「ないのかよ」

「ただ、キリシたんが『Vは夢を与えるために中の人がいちゃいけない』っていってたからな。焔村炎太郎とは呼びたくない」

「む……そういうことならしかたねぇな」
上位チャット：エルフさん……
上位チャット：あなた、お面ライダーをキリシたん呼びしてた気がするんですが……
上位チャット：それな……

「おいィ⁉　キリシたんはお面でも呼んだのかよ！」
「ん」
「基準がわかんねぇ……」
「簡単だぞ。夢を与えられるなら中の人がいていいんだ」
上位チャット：あー、そう捉《とら》えたか
上位チャット：あのとき、お面ライダーしてたキリシたんの株は間違いなく上がったもんな
上位チャット：うん。あのキリシたんは確かに夢を与えられる中の人だ
上位チャット：え、でも、それって

「……俺様じゃ夢を与えられねぇってか？　魅力がねぇってか？　俺様は目標のために突き進む男だぞ！」

「んー。好きなことすりゃいいのになって思う」
上位チャット：まあ、実際、嫌いじゃないけど凄《すご》く好きでもない
上位チャット：好き勝手生きてて自由だなーって思うんだけど、その割でもないっていうか
上位チャット：応援したくなりそうでならない感じ？

「なんでだ⁉　俺様は好きなゲームをし続けるためにこの道を選んだんだぞ⁉」

「だって、ヒゲ男は抜いて抜かれてを競いたくないんだろ？」

「……どうして、そう思った？」

「自分の頬を張り倒さないと後ろで控えられないやつなんて、そうはいないからな」

「ぐっ……！」

「他人と競うゲームより他人と遊ぶゲームが好きなら、そうすりゃいいのに」

上位チャット：え、そうなの？
上位チャット：知らない
上位チャット：でも、図星っぽい
上位チャット：まあ、エルフさんだし

「ヒゲ男の目標って何？」
上位チャット：プロゲーマー
上位チャット：プロゲーマーになることのはず

「対戦しないゲームのプロは？」
上位チャット：……ある？
上位チャット：多分、ない
上位チャット：対人要素のないゲームのプロは聞いたことない

「向いてないだろ」
上位チャット：バッサリ！
上位チャット：このエルフw
上位チャット：エルフさんwww

「だったら、俺様はどうすれば……」

「そんなの決まってるだろ」

うなだれたヒゲ男が顔を上げる。

「ゲームしようぜ！」

◇◆◇

「よし行け！　ヒゲ男！」

「黄緑女、さっきからゾンビ犬全部、俺様に任せてないか⁉」

「マシンガンもらうぞ」

「あっ！　おま！　――って、おわぁ⁉」

「むぅ。ヒゲ男が死ぬと下が面倒」

上位チャット：そう言いつつ、復活ポイント維持するエルフさん
上位チャット：今、胸に芽生えた感情……これがツンデレ？

上位チャット：何を芽生えさせてんの

◇◆◇

「ヒゲ男、今度こそ合わせるんだぞ?」

「わ、わかってる。『いっせーの、せ!』だな?」

「よし行くぞ。いっせーの、せ!」

「あっ」

「むー」

「す、すまん!」

上位チャット：谷底にトロッコが積み上げられていく
上位チャット：そして、谷底に溜《た》まったエルフさんだったものから新たな生命が生まれるのだ……
上位チャット：何を芽生えさせてんの

◇◆◇

「ウェーイ!? なんで、兄貴が白人さんと店内デートしてるんすか!」

「お、お前、ダンスはいいのか? い、いや、俺様はだな。なんというか」

「してないぞ」

「ウェイ。……え、してないの?」

「これ、違うのか……？」
「よし、ジャラジャラ青年、代われ。俺は応援に回るぞ」
「ウェイッ!?」
「え、なんで、俺様は舎弟とホラーゲーするんだ……？」
上位チャット：俺らはいったい何を見せられているのか
上位チャット：恋の芽生え
上位チャット：矢印の方向が気になりますねぇ

◇◆◇

「そろそろか」

窓から差し込む西日に、俺は目を細める。高い入道雲が照らされる、赤い空がなんとなく感動的だった。

「お前ら、元気か？」

ゲームセンター内の長イスに全体重を預ける男二人。だいぶ、燃え尽きた様子。

「楽し、かった、が……お、俺様にも、体力の限界は、ある……」

「ウェイ……」

上位チャット：店内体感ゲーム制覇おめでとう
上位チャット：男二人を潰すエルフさん
上位チャット：言い方w

「ん。元気そうだな」

「どこがだ⁉」

上位チャット：節穴ァ！
上位チャット：エルフアイ。よく見える節穴
上位チャット：覗《のぞ》き穴かな？

「第一の感想が『楽しかった』だろ？」

「む……」

「俺とのレースじゃ一度も聞けなかった感想だぞ」

上位チャット：よく覚えてるな
上位チャット：まあ、今の炎太郎ならちょっとくらい応援してやってもいい

上位チャット：……これがツンデレ？
上位チャット：違う

「黄緑女……あー、エルフさん？」

「おう」

ヒゲ男は長イスから体を起こし、サングラスを外して俺を見た。

「また、俺様と遊んでくれるか？」

悪くない顔をしていたから、俺はきびすを返した。

「ああ。またな、焰村炎太郎」

上位チャット：エルフさんがハードボイルド
上位チャット：いやー、いい話だ
上位チャット：感動した！
上位チャット：ん？
上位チャット：どしたの、エルフさん？
上位チャット：何しに来たの？

「じゃ、お前らもまたな」

――この配信は終了しました――

上位チャット：あ
上位チャット：もしかして、さっきの「そろそろか」って予告だったのか⁉
上位チャット：わかるか、んなもぉん！
上位チャット：おい待てエェルフゥウウウ！
上位チャット：だから、切り方どうにかしろぉ！

27. 掲示板の探求者たち

女性配信者総合スレッド

626　名前：名無しの視聴者さん[sage]　投稿日：202X/07/24(土)　00:00
いやー、エルフに始まりエルフに終わる一日だったな

627　名前：名無しの視聴者さん[sage]　投稿日：202X/07/24(土)　00:02
お前の一日、終わるの早くない？

628　名前：名無しの視聴者さん[sage]　投稿日：202X/07/24(土)　00:03
やーい、お前の一日、ＲＴＡー

629　名前：名無しの視聴者さん[sage]　投稿日：202X/07/24(土)　00:04
草

630　名前：名無しの視聴者さん[sage]　投稿日：202X/07/24(土)　00:08

夏休み最初の連休で、話題の中心になるのが企業勢じゃなくて始めたばかりの個人配信者ってかなり異例の事態だな

631　名前：名無しの視聴者さん［sage］投稿日：202X/07/24（土）00:12
同時接続どのくらい行ったの？

632　名前：名無しの視聴者さん［sage］投稿日：202X/07/24（土）00:15
一万には届かなかったらしい

633　名前：名無しの視聴者さん［sage］投稿日：202X/07/24（土）00:18
万は行かなかったのか

634　名前：名無しの視聴者さん［sage］投稿日：202X/07/24（土）00:20
安定して伸び続けたんだけどね

635　名前：名無しの視聴者さん［sage］投稿日：202X/07/24（土）00:22
意外と大したことないな

636　名前：名無しの視聴者さん[sage]　投稿日：202X/07/24（土）00:24
まあ、ゲーセン行っただけだし

637　名前：名無しの視聴者さん[sage]　投稿日：202X/07/24（土）00:27
たまたま出会った有名人も焔《ほ》村《むら》炎《えん》太《た》郎《ろう》だし

638　名前：名無しの視聴者さん[sage]　投稿日：202X/07/24（土）00:28
炎太郎（ヒゲ）だし

639　名前：名無しの視聴者さん[sage]　投稿日：202X/07/24（土）00:30
（ヒゲ）は要《い》るんですか？

640　名前：名無しの視聴者さん[sage]　投稿日：202X/07/24（土）00:32
要ります

641　名前：名無しの視聴者さん[sage]　投稿日：202X/07/24（土）00:35
要るのか……

642　名前：名無しの視聴者さん[sage]　投稿日：202X/07/24（土）00:38
でも、その炎太郎がいたからアーカイブ残せなかったんだけどね

643　名前：名無しの視聴者さん[sage]　投稿日：202X/07/24（土）00:44
顔出しNGはしゃーない

644　名前：名無しの視聴者さん[sage]　投稿日：202X/07/24（土）00:49
あと、裏でやってた配信も強力だったしな

645　名前：名無しの視聴者さん[sage]　投稿日：202X/07/24（土）00:53
逆神様《ぎゃくしんさま》の一〇連敗謝罪バンジーは笑ったわ

646　名前：名無しの視聴者さん[sage]　投稿日：202X/07/24（土）00:54
撮れてるのにリテイクするスタッフよ

647　名前：名無しの視聴者さん[sage]　投稿日：202X/07/24（土）00:58
逆神様「と、撮れた？（絶叫で喉がかれてる）」
スタッフ「んー、ダメですね。少し見切れています」

逆神様「にゃんでぇ⁉」

648　名前：名無しの視聴者さん［sage］投稿日：202X/07/24（土）01:03
配信中に「にゃんでぇ⁉」ループ五時間耐久動画がアップされて、さらに笑ったわ

649　名前：名無しの視聴者さん［sage］投稿日：202X/07/24（土）01:06
まったく、五時間とか俺たちの休日をなんだと思ってるんだ……（二周目）

650　名前：名無しの視聴者さん［sage］投稿日：202X/07/24（土）01:07
草（三周目）

651　名前：名無しの視聴者さん［sage］投稿日：202X/07/24（土）01:12
酒飲み幼女の脳みそ縛りプレイも見どころ多かったから切り抜き見ろよ、お前ら
太陽が迫ってくるシーンなんて絶対吹くから

652　名前：名無しの視聴者さん［sage］投稿日：202X/07/24（土）01:14
吹く（吐く）

653　名前：名無しの視聴者さん[sage]　投稿日：202X/07/24(土)　01:17
「納豆って胃液の中でも原形残るんじゃな……」

654　名前：名無しの視聴者さん[sage]　投稿日：202X/07/24(土)　01:17
なかなか頭悪かった（褒《ほ》め言葉）

655　名前：名無しの視聴者さん[sage]　投稿日：202X/07/24(土)　01:19
セイレーンの新曲披露よかったわ
今、『崩壊後セカイ』無限ループ再生してる

656　名前：名無しの視聴者さん[sage]　投稿日：202X/07/24(土)　01:23
それだけ聞くと、凄《すご》く普通だな

657　名前：名無しの視聴者さん[sage]　投稿日：202X/07/24(土)　01:26
新曲が良かったんじゃなくて新曲披露が良かったってのが、もうね

658　名前：名無しの視聴者さん[sage]　投稿日：202X/07/24(土)　01:30
で、こいつらの他にも企業勢が寄ってたかって企画ぶつけて、お前らから夏休みを奪い取ろうと

躍起になってる
その中でエルフさんが一万弱削り取ったのは割と凄いのでは?

659 名前:名無しの視聴者さん[sage] 投稿日:202X/07/24(土) 01:32
いや、そもそもエルフさんは個人勢で配信開始二日目だからね?
かなり凄いの

660 名前:名無しの視聴者さん[sage] 投稿日:202X/07/24(土) 01:34
夏休みに入ったから新規参入する学生も大勢いるのにな

661 名前:名無しの視聴者さん[sage] 投稿日:202X/07/24(土) 01:36
顔とスタイルのよさとブカブカシャツで引き付ける
↓サムネ一本釣りされたと思ったら、中身と謎の弓射撃能力で話題に
↓キリシたんが釣れる
↓朝配信でお面ライダー参戦
↓子羊の苦悶《くもん》があちこちで見られる
↓ゲーセン配信でランキングを破壊する
↓炎太郎が釣れる

二日間の出来事をまとめてみました！

662 名前：名無しの視聴者さん[sage] 投稿日：202X/07/24(土) 01:39
濃い

663 名前：名無しの視聴者さん[sage] 投稿日：202X/07/24(土) 01:39
めっちゃ濃い

664 名前：名無しの視聴者さん[sage] 投稿日：202X/07/24(土) 01:41
これでも端折《はしょ》ってるんだよな
食事配信とか

665 名前：名無しの視聴者さん[sage] 投稿日：202X/07/24(土) 01:43
そりゃ話題にもなるわ

666 名前：名無しの視聴者さん[sage] 投稿日：202X/07/24(土) 01:44
バトルレースチャンプでは炎太郎にとんでもない勝ち方してたし

667　名前：名無しの視聴者さん[sage]　投稿日：202X/07/24（土）01:45
　あれ凄いわ

668　名前：名無しの視聴者さん[sage]　投稿日：202X/07/24（土）01:47
　エルフ「炎太郎が加速三個使って迫ってくる？　ならば、四個使って正面衝突すればいいのでは？」

669　名前：名無しの視聴者さん[sage]　投稿日：202X/07/24（土）01:50
　草

670　名前：名無しの視聴者さん[sage]　投稿日：202X/07/24（土）01:50
　どうしてそうなった

671　名前：名無しの視聴者さん[sage]　投稿日：202X/07/24（土）01:52
　疑問なんだけど、炎太郎も四個目使って対抗すればよかったんじゃないの？

672　名前：名無しの視聴者さん[sage]　投稿日：202X/07/24（土）01:55

ギリギリでだけど、使ってる

673 名前：名無しの視聴者さん[sage] 投稿日：202X/07/24(土) 01:58

え、そうなの？

じゃあ、なんで炎太郎がぶつかり負けたの？

674 名前：名無しの視聴者さん[sage] 投稿日：202X/07/24(土) 02:00

バトルレースチャンプの加速アイテムは、速度が瞬時に上がるタイプじゃないから

675 名前：名無しの視聴者さん[sage] 投稿日：202X/07/24(土) 02:02

本当に短い距離だけど、最高速に達するまで助走が必要

676 名前：名無しの視聴者さん[sage] 投稿日：202X/07/24(土) 02:03

プレイしてたけど知らなかった

677 名前：名無しの視聴者さん[sage] 投稿日：202X/07/24(土) 02:06

だから、炎太郎が反応すらできなかったら、一緒にコース外に落ちて泥仕合になってたかもしれないというw

678　名前：名無しの視聴者さん［sage］投稿日：202X/07/24（土）02:07
どこまでがエルフさんの想定だったのか

679　名前：名無しの視聴者さん［sage］投稿日：202X/07/24（土）02:09
あるいは、仕込みだったのか……いや、狙ってもできる気がしないけどさ

680　名前：名無しの視聴者さん［sage］投稿日：202X/07/24（土）02:11
そういえば、仕込みを疑われてたけど、ランキング取れるってなると話が変わるよな

681　名前：名無しの視聴者さん［sage］投稿日：202X/07/24（土）02:14
ゲーム板の連中がエルフさんの動画を血眼になって確認してるけど、妙な部分はないらしい

682　名前：名無しの視聴者さん［sage］投稿日：202X/07/24（土）02:17
仕込みとするなら、どうやって練習したんだろうね？

683　名前：名無しの視聴者さん［sage］投稿日：202X/07/24（土）02:19
ゲーセン経営してる家とか従業員の娘とかかな？

ネット接続切って練習するならランキングには反映されないし

684　名前：名無しの視聴者さん[sage]　投稿日：202X/07/24(土)　02:22
ゲーム板の分析班によると、不正防止のためにオンラインじゃないと止まるゲームも含まれてるんだって

685　名前：名無しの視聴者さん[sage]　投稿日：202X/07/24(土)　02:25
ゲームクリア前にわざと電源落とすことでランキングに入れない練習方法は可能だが、本当にそれくらいしか考えられないんだとか

686　名前：名無しの視聴者さん[sage]　投稿日：202X/07/24(土)　02:29
だから、練習したことを疑うなら配信したゲームセンターの筐《きょう》体《たい》を直接いじって判定ガバガバのロムに変更したことを疑う方がまだ現実的なんだけど

687　名前：名無しの視聴者さん[sage]　投稿日：202X/07/24(土)　02:30
血眼になって動画見直しても妙な部分がない

688　名前：名無しの視聴者さん[sage]　投稿日：202X/07/24(土)　02:33

話がループしたな

689　名前：名無しの視聴者さん［sage］投稿日：202X/07/24（土）02:38
つまり、今のところ真っ白
エルフさんはエルフさんしただけだと証明された

690　名前：名無しの視聴者さん［sage］投稿日：202X/07/24（土）02:41
どんな日本語よw

691　名前：名無しの視聴者さん［sage］投稿日：202X/07/24（土）02:50
プレイヤーからすると、たまったもんじゃないんだろうけどなw

692　名前：名無しの視聴者さん［sage］投稿日：202X/07/24（土）02:57
いや、それが歓迎ムード

693　名前：名無しの視聴者さん［sage］投稿日：202X/07/24（土）03:00
そうなの？

694 名前：名無しの視聴者さん[sage] 投稿日：202X/07/24(土) 03:10
話題になって沼にハマる人が増えるのはいいことです
どうせ、エルフさんがならなけりゃランカーの誰かが一位になるんだから、普通のゲーマーにゃ関係ないのだ

695 名前：名無しの視聴者さん[sage] 投稿日：202X/07/24(土) 03:14
なるほど

696 名前：名無しの視聴者さん[sage] 投稿日：202X/07/24(土) 03:22
チートの疑いがない天才プレイヤーの出現はありがたいものです

697 名前：名無しの視聴者さん[sage] 投稿日：202X/07/24(土) 03:26
ブランリさん、これからもゲーセン配信してくださいね！

698 名前：名無しの視聴者さん[sage] 投稿日：202X/07/24(土) 03:29
あっ……

699 名前：名無しの視聴者さん[sage] 投稿日：202X/07/24(土) 03:30

その呼び名だけですべてを察した

700　名前：名無しの視聴者さん［sage］投稿日：202X/07/24（土）03:38
何か変ですか？

701　名前：名無しの視聴者さん［sage］投稿日：202X/07/24（土）03:43
エルフさん、ゲーム好きみたいだけど特別ゲーセン好きってわけではないみたいだし

702　名前：名無しの視聴者さん［sage］投稿日：202X/07/24（土）03:46
エルフ耳畳んで「ちょっとうるさい」とか言ってたな

703　名前：名無しの視聴者さん［sage］投稿日：202X/07/24（土）03:50
あれは可愛《かわい》かった

704　名前：名無しの視聴者さん［sage］投稿日：202X/07/24（土）03:56
そのあと、髪で耳栓しなければなw

705　名前：名無しの視聴者さん［sage］投稿日：202X/07/24（土）04:03

この分だと、パチンコやパチスロはやってくれそうにないね

706 名前：名無しの視聴者さん[sage] 投稿日：202X/07/24(土) 04:07
というわけだから、当分、行かないんじゃないかな？

707 名前：名無しの視聴者さん[sage] 投稿日：202X/07/24(土) 04:15
……マジですか？

708 名前：名無しの視聴者さん[sage] 投稿日：202X/07/24(土) 04:20
マジです

709 名前：名無しの視聴者さん[sage] 投稿日：202X/07/24(土) 04:31
ゲーセン行かないといえば、炎太郎どうなるのかね？

710 名前：名無しの視聴者さん[sage] 投稿日：202X/07/24(土) 04:40
顔出し配信止めなかったの処分される？

711 名前：名無しの視聴者さん[sage] 投稿日：202X/07/24(土) 04:48

炎民《ほのおみん》は前から炎太郎の顔知ってるぞ

712　名前：名無しの視聴者さん[sage]　投稿日：202X/07/24(土)　04:55
そうなん？

713　名前：名無しの視聴者さん[sage]　投稿日：202X/07/24(土)　05:02
ゲーセン筐体の挑戦も多いから、以前から目撃情報はあった
炎太郎はクマだって

714　名前：名無しの視聴者さん[sage]　投稿日：202X/07/24(土)　05:06
クマw

715　名前：名無しの視聴者さん[sage]　投稿日：202X/07/24(土)　05:10
炎民にとって炎太郎＝クマは共通認識

716　名前：名無しの視聴者さん[sage]　投稿日：202X/07/24(土)　05:17
アバターにクマヒゲ生《は》やしたファンアートもあるぞ

717 名前：名無しの視聴者さん［sage］投稿日：202X/07/24(土) 05:24
これだけ長時間流れたことはないけど、炎民撮影の十分二十分の動画ならいくつも転がってるよ

718 名前：名無しの視聴者さん［sage］投稿日：202X/07/24(土) 05:30
へー

719 名前：名無しの視聴者さん［sage］投稿日：202X/07/24(土) 05:31
「直《じか》スパもらったぜ」って、炎民と一緒にジュース片手に持ってる写真とかある

720 名前：名無しの視聴者さん［sage］投稿日：202X/07/24(土) 05:40
直スパいいなw

721 名前：名無しの視聴者さん［sage］投稿日：202X/07/24(土) 05:50
ストイックな中の人論を展開したキリシたんとはある意味、対照的

722 名前：名無しの視聴者さん［sage］投稿日：202X/07/24(土) 05:55
まあ、そういう炎民との交流も最近は全然なかったんだよね……

723　名前：名無しの視聴者さん［sage］投稿日：202X/07/24（土）06:09
ＧＴＯ大会予選落ちだっけか
その辺から対応が変わった

724　名前：名無しの視聴者さん［sage］投稿日：202X/07/24（土）06:17
本気になったというか必死になったというか

725　名前：名無しの視聴者さん［sage］投稿日：202X/07/24（土）06:23
好きなことやってる感じがなくなっちゃったんだよね

726　名前：名無しの視聴者さん［sage］投稿日：202X/07/24（土）06:35
「俺様は好きなことやるぜ！　ファン？　物好きなやつらだ。いいぜ、付いてこい！」
↓「俺様は好きなことやるぜ！　ファンなんかに構ってる暇はねぇ！」

こんな感じに変化した

727　名前：名無しの視聴者さん［sage］投稿日：202X/07/24（土）06:39
ああ、そんな感じそんな感じ

728 名前：名無しの視聴者さん[sage] 投稿日：202X/07/24(土) 06:45
それ以前は、小学生のころにいた、ひとつふたつ年上のゲームが上手な兄貴分って感じだったのにね……

729 名前：名無しの視聴者さん[sage] 投稿日：202X/07/24(土) 06:51
歯車が少しだけ噛み合わなくなった

730 名前：名無しの視聴者さん[sage] 投稿日：202X/07/24(土) 06:56
そう……
本当にちょっとの差なんだけど、凄い悲しかった

731 名前：名無しの視聴者さん[sage] 投稿日：202X/07/24(土) 07:03
炎太郎、夜に配信やったよな？
どうだった？

732 名前：名無しの視聴者さん[sage] 投稿日：202X/07/24(土) 07:07
兄貴してた！

733　名前：名無しの視聴者さん［sage］投稿日：202X/07/24（土）07:19
・方針の変更を謝罪
・今後はレース配信を減らす
・ソロタイムアタックを増やす
・レースゲー以外も挑戦していく
・協力ゲーもやりたいので、いろいろ教えてほしい
・炎民と楽しく遊びたい←ここ凄く大事！

734　名前：名無しの視聴者さん［sage］投稿日：202X/07/24（土）07:22
プロになるのを楽しみにして、炎民が団結して和気あいあいと検証してたころを思い出したよ
兄貴が帰ってきたなぁって

735　名前：名無しの視聴者さん［sage］投稿日：202X/07/24（土）07:28
炎民と一緒に見てた夢をいつの間にかひとりの夢にしていたけど、ようやく立ち止まってこっちを振り返ってくれた感じ

736　名前：名無しの視聴者さん［sage］投稿日：202X/07/24（土）07:33

本当にエルフさんには感謝だわ

737　名前：名無しの視聴者さん[sage]　投稿日：202X/07/24(土)　07:37
まったくだ
ありがとうエルフさん

738　名前：名無しの視聴者さん[sage]　投稿日：202X/07/24(土)　07:45
これで重い処分とか本当にやめてくれよー
頼むよ頼むよー

739　名前：名無しの視聴者さん[sage]　投稿日：202X/07/24(土)　07:52
絶対やめてくれよー

740　名前：名無しの視聴者さん[sage]　投稿日：202X/07/24(土)　08:01
処分といえば、キリシたんどうなったの？

741　名前：名無しの視聴者さん[sage]　投稿日：202X/07/24(土)　08:10
まだ何も動きない

742　名前：名無しの視聴者さん［sage］ 投稿日：202X/07/24(土) 08:17

これで重い処分とかやめろ

743　名前：名無しの視聴者さん［sage］ 投稿日：202X/07/24(土) 08:20

絶対やめろ

744　名前：名無しの視聴者さん［sage］ 投稿日：202X/07/24(土) 08:26

トーンがガチになったw

745　名前：名無しの視聴者さん［sage］ 投稿日：202X/07/24(土) 08:30

草

746　名前：名無しの視聴者さん［sage］ 投稿日：202X/07/24(土) 08:38

フェス前だし、企業側もマイナスイメージが付くようなことはしたくないんじゃない？

747　名前：名無しの視聴者さん［sage］ 投稿日：202X/07/24(土) 08:45

あー、それはありそう

748 名前：名無しの視聴者さん[sage] 投稿日：202X/07/24(土) 08:54
2・5D「フェスお疲れ様でした。では、除籍です」

749 名前：名無しの視聴者さん[sage] 投稿日：202X/07/24(土) 08:59
クソ運営極まってるじゃねーかw

750 名前：名無しの視聴者さん[sage] 投稿日：202X/07/24(土) 09:04
ひっでw

751 名前：名無しの視聴者さん[sage] 投稿日：202X/07/24(土) 09:08
真面目な話、どうなると思う？

752 名前：名無しの視聴者さん[sage] 投稿日：202X/07/24(土) 09:13
凄い軽い処分

753 名前：名無しの視聴者さん[sage] 投稿日：202X/07/24(土) 09:16
フェス後に謝罪配信で罰ゲームくらい？

754　名前：名無しの視聴者さん［sage］投稿日：202X/07/24（土）09:20
示しが付かないから除籍処分！
ただし、これまでの実績を踏まえて新たに勧誘！
に、なってくれないかなぁ

755　名前：名無しの視聴者さん［sage］投稿日：202X/07/24（土）09:21
一ヵ月の配信禁止処分！
をファンの声を受けて二週間に変更する

756　名前：名無しの視聴者さん［sage］投稿日：202X/07/24（土）09:25
処分なし、あっても非常に軽い
根拠はある

757　名前：名無しの視聴者さん［sage］投稿日：202X/07/24（土）09:30
どんな根拠？

758　名前：名無しの視聴者さん［sage］投稿日：202X/07/24（土）09:40

2・5Dはエルフさんと関係を持ちたいと考えるだろうから悪印象を与えたくないに違いない
今後も伸びそうなエルフさんは無視できない
なんなら、所属してほしいとすら思うはず

759 名前：名無しの視聴者さん[sage] 投稿日：202X/07/24(土) 09:46
所属してほしいと思うかはわからないけど
界隈《かいわい》の話題の中心だし、間違ってもネガキャンなんてされたくない相手だな

760 名前：名無しの視聴者さん[sage] 投稿日：202X/07/24(土) 09:55
なるほど、納得できる
エルフさん、「ひどい処分なら事務所に殴り込みに行く」って言ってたしな

761 名前：名無しの視聴者さん[sage] 投稿日：202X/07/24(土) 09:58
エルフさんのワンピいいよねって語りに来たら、スレが真面目な雰囲気だった件について

762 名前：名無しの視聴者さん[sage] 投稿日：202X/07/24(土) 10:00
肩出しワンピは神

763　名前：名無しの視聴者さん[sage]　投稿日：202X/07/24(土)　10:01
黒に肌の白さが映える

764　名前：名無しの視聴者さん[sage]　投稿日：202X/07/24(土)　10:01
階段上り下りするときも無防備なの本当に凄いと思いました　まる

765　名前：名無しの視聴者さん[sage]　投稿日：202X/07/24(土)　10:02
ちゅうちょなく振り返るもんな
ふわっと浮くし
固定カメラじゃなければ、ローアングラーになってしまうところだ

766　名前：名無しの視聴者さん[sage]　投稿日：202X/07/24(土)　10:03
なるわ

767　名前：名無しの視聴者さん[sage]　投稿日：202X/07/24(土)　10:03
大変遺憾《いかん》ながらならざるを得ない

768　名前：名無しの視聴者さん[sage]　投稿日：202X/07/24(土)　10:05

お前らｗ
わかるけど

769　名前：名無しの視聴者さん［sage］投稿日：202X/07/24（土）10:07
このレス速度よｗ

770　名前：名無しの視聴者さん［sage］投稿日：202X/07/24（土）10:14
しっかし、おっぱいおっきいのはわかってたけど、まともな服だとあそこまでスタイルいいとはね

771　名前：名無しの視聴者さん［sage］投稿日：202X/07/24（土）10:18
やばいよね、完全にモデルさんだよ

772　名前：名無しの視聴者さん［sage］投稿日：202X/07/24（土）10:22
モデルというにはちょっと背が低い

773　名前：名無しの視聴者さん［sage］投稿日：202X/07/24（土）10:25
そこが可愛いんだけどね

774　名前：名無しの視聴者さん［sage］投稿日：202X/07/24（土）10:30
どちらかというとアイドルか女優

775　名前：名無しの視聴者さん［sage］投稿日：202X/07/24（土）10:34
あんなアイドルや女優がいてたまるかw

776　名前：名無しの視聴者さん［sage］投稿日：202X/07/24（土）10:37
危なっかしくて地上波に出せないです

777　名前：名無しの視聴者さん［sage］投稿日：202X/07/24（土）10:43
でも、好きなんですよね？

778　名前：名無しの視聴者さん［sage］投稿日：202X/07/24（土）10:44
好き

779　名前：名無しの視聴者さん［sage］投稿日：202X/07/24（土）10:44
大好き

780 名前：名無しの視聴者さん[sage] 投稿日：202X/07/24(土) 10:45
止《と》め処《ど》なく好き

781 名前：名無しの視聴者さん[sage] 投稿日：202X/07/24(土) 10:45
どんなキャラか一言で説明できないけど、好き

782 名前：名無しの視聴者さん[sage] 投稿日：202X/07/24(土) 10:46
依存性がある

783 名前：名無しの視聴者さん[sage] 投稿日：202X/07/24(土) 10:48
エルフは用法用量を守って正しくお使いください

784 名前：名無しの視聴者さん[sage] 投稿日：202X/07/24(土) 10:51
で、そのエルフさんの配信が始まったわけですけれども、皆さんはいかがお過ごしですか？

785 名前：名無しの視聴者さん[sage] 投稿日：202X/07/24(土) 10:52
マジで始まっとるやんけ！

786　名前：名無しの視聴者さん[sage]投稿日：202X/07/24(土)10:52
予告しろォ！

787　名前：名無しの視聴者さん[sage]投稿日：202X/07/24(土)10:53
五分前「これから配信する」
四分前「してる」

お前ｗｗｗお前ｗｗｗ

788　名前：名無しの視聴者さん[sage]投稿日：202X/07/24(土)10:55
在宅確かめないで不在票置いてく宅配業者かな？

789　名前：名無しの視聴者さん[sage]投稿日：202X/07/24(土)10:56
買い物配信？

790　名前：名無しの視聴者さん[sage]投稿日：202X/07/24(土)10:57
スーパーで買い物配信？？？

791 名前：名無しの視聴者さん[sage] 投稿日：202X/07/24(土) 10:57
また、よくわかんねぇこと始めやがったなw

792 名前：名無しの視聴者さん[sage] 投稿日：202X/07/24(土) 10:58
卵を狙うエルフ

793 名前：名無しの視聴者さん[sage] 投稿日：202X/07/24(土) 11:00
それだけ聞くと、ダチョウの卵くらいある不思議生物の卵をハンティングしてるみたい

794 名前：名無しの視聴者さん[sage] 投稿日：202X/07/24(土) 11:01
煮

795 名前：名無しの視聴者さん[sage] 投稿日：202X/07/24(土) 11:01
煮w

796 名前：名無しの視聴者さん[sage] 投稿日：202X/07/24(土) 11:02
煮ってなんだw

797　名前：名無しの視聴者さん[sage]　投稿日：202X/07/24(土)　11:02
煮は草ですよ

798　名前：名無しの視聴者さん[sage]　投稿日：202X/07/24(土)　11:04
え、キリシたん?

799　名前：名無しの視聴者さん[sage]　投稿日：202X/07/24(土)　11:06
カメラ向けたらどうなるのw

800　名前：名無しの視聴者さん[sage]　投稿日：202X/07/24(土)　11:08
そうか、生活圏被《かぶ》るのか
面白いことになってきたw

801　名前：名無しの視聴者さん[sage]　投稿日：202X/07/24(土)　11:10
木綿ライダー

802　名前：名無しの視聴者さん[sage]　投稿日：202X/07/24(土)　11:11
ダウト

803 名前：名無しの視聴者さん[sage] 投稿日：202X/07/24(土) 11:12

あっ

804 名前：名無しの視聴者さん[sage] 投稿日：202X/07/24(土) 11:12

あっ

805 名前：名無しの視聴者さん[sage] 投稿日：202X/07/24(土) 11:12

知ってた

806 名前：名無しの視聴者さん[sage] 投稿日：202X/07/24(土) 11:13

終わったw

807 名前：名無しの視聴者さん[sage] 投稿日：202X/07/24(土) 11:15

いやー、朝から笑わせてもらいましたw

808 名前：名無しの視聴者さん[sage] 投稿日：202X/07/24(土) 11:17

いい土曜日になりそうだ

809　名前：名無しの視聴者さん[sage]　投稿日：202X/07/24(土)　11:18
　この分だと、今日も複数回配信ありそうだな

810　名前：名無しの視聴者さん[sage]　投稿日：202X/07/24(土)　11:20
　楽しみだ

811　名前：名無しの視聴者さん[sage]　投稿日：202X/07/24(土)　11:24
　……あの、アーカイブないですか？

812　名前：名無しの視聴者さん[sage]　投稿日：202X/07/24(土)　11:28
　だいたい全部察したけど、ないです

813　名前：名無しの視聴者さん[sage]　投稿日：202X/07/24(土)　11:33
　ぁああああ、やっぱりか畜生！

814　名前：名無しの視聴者さん[sage]　投稿日：202X/07/24(土)　11:38
　エルフさん配信のアーカイブ残らない率の高さよ

815　名前：名無しの視聴者さん[sage]　投稿日：202X/07/24（土）11:41
だから、ちゃんと登録しておけと

816　名前：名無しの視聴者さん[sage]　投稿日：202X/07/24（土）11:45
間違って、似たような名前の別チャンネル登録してたんだよ……

817　名前：名無しの視聴者さん[sage]　投稿日：202X/07/24（土）11:50
それはもうなんというか……

818　名前：名無しの視聴者さん[sage]　投稿日：202X/07/24（土）11:51
痛ましい

819　名前：名無しの視聴者さん[sage]　投稿日：202X/07/24（土）11:53
それで、正しいチャンネル名なんだっけ？

820　名前：名無しの視聴者さん[sage]　投稿日：202X/07/24（土）11:55

『ＴＳエルフ姫ちゃんねる』だよ

marin-chu

・エルフさんキャラクターファイル１．キリシたん

本名：霧島《きりしま》恵《めぐみ》
ライバー名：大名《おおな》キリシ

《２・５Ｄ》所属の配信者。

ＦＰＳ《ガンフィールド》の弓専配信者として知られる。

キリシたん本人は思い詰めてしまったが、扱いにくい弓で上位プレイヤーを相手に対等に戦う姿は国内外のプレイヤーから非常に高い評価を受けていた。

弓の最大の難点は有効射程の短さ。攻撃しようと思ったならば、敵の射程の大幅に内側まで入らなければならない。なのに、キリシたんは高い勝率を誇っていた。

その秘訣《ひけつ》は、障害物が多い《ガンフィールド》の特性を利用したポジショニングにあった。

キリシたんは非貫通の草木の間から一方的に相手を攻撃する方法や、風で揺れるカーテンの周期に合わせて移動する方法など、それまで考えられていなかった技を次々に開発して弓の不利を帳消しにして勝利を重ねていった。

ただ、これらの立ち回りは通常のプレイヤーにも真似《まね》できるものであり、皮肉なことに知名度の向上がキリシたんの勝率を押《お》し下げる原因となっていた。

エルフさんとの戦いを通じて、子羊たちともう一度新しい挑戦をしてみようと考えるようになっ

た。

今はエルフさんとの新たなコラボをしようと目論《もくろ》んでいる。

・エルフさんキャラクターファイル2．炎太郎《えんたろう》

本名：穂村廉太郎《ほむられんたろう》

ライバー名：焔村《ほむら》炎太郎

《2・5D》所属の配信者。

プロ転向を目指すゲーム配信者として知られる。

エルフさんとの対決は《バトルレースチャンプ》だったが、《バトルレースチャンプ》専門ではなく他のゲームもプレイしていた。

炎太郎はゲーム筐体《きょうたい》を購入してプレイ時間に物を言わせる方法を選んだわけだが、豪快そうに見えて、その実、自身の才能だけに任せなかったがゆえの行動であった。

この豪快さと繊細さの二面性は、他の部分にも表れている。

サングラスにクマヒゲのいかつい容姿で初対面のエルフさんを「黄緑女」と呼ぶ粗暴な態度をする一方で、配信ではプロ転向という目的に関係のない初心者相手でも丁寧に面倒を見ており、兄貴

分として視聴者から慕《した》われていた。

それらのよい面が表に出た結果、生まれたのが舎弟。彼は炎太郎の視聴者として、恋人とうまくいかなくなった悩みを相談したところ、炎太郎に仲を取り持ってもらった過去がある。誤解から彼の恋人の渾身《こんしん》のビンタをもらって炎太郎の頬は倍に膨《ふく》らんだが、炎太郎は笑って許した。この出来事で炎太郎の器の大きさに惚《ほ》れ込《こ》んだ彼は、頼み込んで炎太郎の舎弟になった。

のちにエルフさんと炎民《ほのおみん》でオフゲーム大会をする計画を、舎弟と共に練り出す。

なお、舎弟の恋人にエルフさんのことを誤解されて、また炎太郎の頬は倍に膨らむことになる。

あとがき

「繋《つな》がらない」

ふっふっふ……エルフさん、ネットに繋がらないことに気付きましたね。実はこの部屋を世界から切り離したのです！　戻してほしくば、私のお願いを聞いてもらおうじゃありませんか！

「電源抜けた？」

聞いて？

「ん」

これを読み上げてください。

「任せろ」

ページ数《時間》がないから助かりますが、何も聞かれないとそれはそれで逆に不安になる。

「ここまでお読みくださった皆様にお礼申し上げます」

それ、一番最後です。

「神話から語られ出したエルフは、欧州で各地の自然信仰や妖精伝承と混じり合う中でその解釈を広げていきました。徐々に雑多なカミサマや精霊が『エルフ』に統合されていったわけです」

そこも最初ではないですけど、まあ、続きをどうぞ。

「本作は、そんな経緯でなんだかよくわからないものになってしまった『エルフ』に負けないくらいよくわからないエルフさんの――俺はわかるぞ？」

　まあまあ、続きをどうぞ。

「伝承におけるエルフは幸福を運んできてくれる存在でもあります。エルフさんがゲームを通じて対戦相手や視聴者に幸福をもたらす様子を楽しんでいただければ嬉《うれ》しいです」

　では、謝辞を。

「イラストのｎｕｅｃｏさん。前作に引き続き、『この方しかいない！』とお願いしました。期待以上にエルフさんを可愛《かわい》らしく描いていただけました。森人《もりんちゅ》シャツはｎｕｅｃｏさんのキャラクターデザイン絵がなければ生まれなかったでしょう。お面ライダーは顔が見えなくなりそうで迷った部分なのですが、悩みを吹き飛ばす一枚になりました。ぜひ、皆様ももう一度ご覧ください」

　最後までありがとうございました。エルフさんもお部屋を戻しますね。

「まだあるぞ？」

　え？　ありますか？

「始めましての方は始めまして、作者のミミです。本作をお手に取っていただきありがとうございます。ネタバレはないので、あとがきから読まれる方も安心してご覧ください」

　それ、飛ばされた最初のところ！

Kラノベブックス

生放送《なまほうそう》！　ＴＳ《ティーエス》エルフ姫《ひめ》ちゃんねる

ミミ

2024年5月29日第1刷発行

発行者	森田浩章
発行所	株式会社 講談社 〒112-8001　東京都文京区音羽2-12-21
電　話	出版　(03)5395-3715 販売　(03)5395-3605 業務　(03)5395-3603
デザイン	寺田鷹樹（GROFAL）
本文データ制作	講談社デジタル製作
印刷所	株式会社ＫＰＳプロダクツ
製本所	株式会社フォーネット社

KODANSHA

ISBN978-4-06-534845-1　N.D.C.913　305p　19cm
定価はカバーに表示してあります

ファンレター、
作品のご感想を
お待ちしています。

あて先
〒112-8001　東京都文京区音羽2-12-21
(株) 講談社　ライトノベル出版部 気付
「ミミ先生」係
「nueco先生」係

講談社ラノベ文庫

すべてはギャルの是洞さんに軽蔑されるために！

著:たか野む　イラスト:カンミ缶

陰キャの高校生、狭間陸人。クラスには、そんな彼に優しい
「オタクに優しいギャル」である是洞さんもいた。
狭間は是洞さんに優しくされるたびに、こう思うのであった。
「軽蔑の目を向けられ、蔑まれてみたい」と。そう、彼はドMであった。
個性豊かな部活仲間とギャルが繰り広げる青春ラブコメディ！